KB093196

씁쓸한 초콜릿

쓸쓸한 초콜릿
BITTERSCHOKOLADE

미리암 프레슬러 | 염정용 옮김

1

"에바."

호흐슈타인 선생님이 에바를 불렀다. 에바는 고개를 숙인 채 볼펜을 집어 들고 글을 끄적였다.

"에바."

호흐슈타인 선생님이 다시 한 번 불렀다. 에바는 머리를 더욱 깊이 숙이고 자와 연필을 찾아 피라미드 모양을 그렸다. 그녀는 선생님의 말을 듣지 못했다. 아니, 듣고 싶어 하지 않았다. 자리에서 일어나 칠판 앞으로 나가는 게 싫었기 때문이다. 그러다가 선이 비뚤게 그어졌다. 에바는 고개도 돌리지 않고 손을 뻗어 필통 속의 물건들을 손가락으로 더듬어 보았다. 딱딱한 연필, 작고 모가 난 철제 연필깎이, 뚜껑이 달아난 볼펜. 그러나 지우개는 없었다. 그녀는 고개를 숙인 채 책가방을 무릎에 올리고 찾아보았다. 지우개를 찾는 것으로 어느 정도 시간을 끌 수 있었다. 가방 속에 든 지우개는 너무 작아서 찾기 어려우니까.

"바바라."

호흐슈타인 선생님이 이번에는 밥시를 불렀다. 세 번째 줄에서 밥시가 일어나 칠판 앞으로 나갔다. 에바는 고개를 들어 보지 않았다. 스키니진을 입은 밥시가 작은 엉덩이를 흔들며 날씬하고 긴 다리로 걸어 나가는 모습이 눈에 선했다.

에바는 슬며시 지우개를 꺼냈다. 그런 다음 책가방을 다시 고리에 걸고 비뚤어진 선을 지우고 새로 그렸다.

"잘했구나, 바바라."

호흐슈타인 선생님이 말했다. 밥시는 긴 의자들 사이의 좁다란 통로를 지나 다시 자리에 앉았다. 교실 뒤편에서 마치는 시간을 알리는 벨 소리가 요란하게 울렸다.

3교시는 체육 시간이었다. 탈의실에서는 낄낄거리고 웃는 소리가 났다. 벌써부터 더운 걸 보니 무더운 하루가 될 모양이었다. 에바는 늘 그랬듯이 검은색 레깅스를 입고 소매가 짧은 검은색 티셔츠를 걸쳤다. 학생들은 운동장으로 나갔다. 마들러 선생님이 호각을 불자 모두가 한 줄로 늘어섰다. 핸드볼 시합을 하기로 했다.

"알렉산드라와 수잔네가 팀을 짜도록 해."

에바는 웅크리고 앉아 왼쪽 운동화의 매듭을 풀고 신발 끈을 빼내어 새로 끼웠다.

알렉산드라가 불렀다.

"페트라."

수잔네도 불렀다.

"카린."

에바는 신발 끈을 맨 아래 두 구멍으로 통과시켜 팽팽하게 당기더니 양쪽 길이가 같아지도록 세심하게 조절했다.

"카롤라." —"안나." —"이네스." —"니나." —"카트린."

에바는 아주 느리게 끈을 구멍에 끼웠다.

"막시." —"잉그리트." —"밥시." —"모니카." —"프란치스카." —"크리스티네."

에바는 매듭을 묶기 시작했다. 먼저 두 줄을 엇갈리게 해서 하나로 묶었다.

"자비네 뮐러." —"레나." —"클라우디아." —"루트." —"자비네 카를."

에바는 끈을 손가락 위로 늘어뜨리며 매듭 모양을 지어 엄지와 검지로 붙들었다.

"이름가르트." —"마야." —"잉에." —"울리케." —"한나." —"케르스틴."

'운동화를 또다시 빨아야겠어. 빨 때가 지났어.'

"가비." —"아니타." —"아그네스." —"에바."

에바는 매듭을 단단히 당겨 매고 일어섰다. 그녀는 알렉산드라 팀이었다.

땀이 났다. 땀은 에바의 이마에서 눈썹으로, 뺨으로 흘러내렸다. 때로는 눈으로도 흘러내렸다. 그녀는 팔뚝과 손등으로 끊임없이 땀을 훔쳐 내야 했다. 딱딱하고 무거운 공을 잡을 때면 손가락이 아팠다.

수업이 끝나자 다른 여학생들도 겨드랑이 아래에 커다란 땀자국이 생겼다. 에바는 아주 천천히 탈의실로 가서 느릿느릿 옷을 벗었다. 커다란 수건을 어깨에 걸치고 샤워실 문을 열자 몇 안 되는 애들만이 보였다. 그녀는 맨 뒤편 구석의 샤워기 쪽으로 갔다. 그런 다음 서둘러 찬물로 등과 배를 적셨다. 머리는 물에 적시지 않았다. 드라이어로 말리는 데 시간이 너무 오래 걸리기 때문이다. 그녀는 두 손으로 물을 받아 얼굴에 끼얹었다. 시멘트 벽 물이 튄 자리에 짙은 얼룩들이 생겼다. 샤워실에는 이제 에바 혼자 남았다. 그녀는 느긋하게 몸을 닦고 나서 수건을 어깨에 걸치고 가슴과 배를 가렸다. 탈의실에는 아무도 없었다. 그녀가 막 치마를 입고 나자 마들러 선생님이 문을 열었다.

"아, 에바, 네가 아직 남아 있었구나. 나중에 나에게 열쇠를 가져와야 한다."

에바는 두 팔을 오므려 가슴 앞에 모으고 고개를 끄덕였다.

이번 쉬는 시간은 길었다. 에바는 책을 들고 교정으로 나갔다. 그녀는 학생들 사이를 헤치며 울타리 곁의 자기 구석 자리로 갔다. 자기 구석 자리! 그녀는 울타리의 시멘트 받침대에 앉아 책장을 넘기며 어제 저녁에 읽다 만 곳을 찾았다. 옆에는 레나, 밥시, 카롤라, 티네가 서 있었다. 물론 밥시가 가장 예쁘기는 했다. 그래도 감히 맨 가슴 위에 꼭 끼는 흰

티셔츠를 걸치다니!

에바가 책에서 찾던 대목이 나왔다.

나는 죽은 자의 말라붙은 형체를 관찰했다. 기껏해야 서른다섯 살밖에 되지 않았을 텐데도 얼굴에는 주름이 가득했다. 인디언들의 전형적인 죽음으로 보였다. 기력이 다해서 죽은 것이다. 인디언들은 배고픔을 달래기 위해 코카잎을 씹다가 언젠가는 쓰러져 죽는다고 한다.

"난 어제 디스코텍에 갔었어. 브라운 박사의 아들 요하네스와 함께."

"우아, 밥시, 굉장하다. 그렇게 가까이서 보니까 어땠어?"

"근사했어. 춤도 잘 추던데!"

에바는 오트마르 프란츠 랑의 『그대는 왜 세상에 빛을 비추는가?』라는 책을 계속 읽어 나갔다.

머릿속에 온갖 생각들이 떠올랐다. 날씬한 미식가에서부터 할리우드 요법까지. EWG*의 잉여 생산물 폐기에서부터 약국 진열대에서 선전하는 식욕 억제제에 이르기까지.

"그 애 차를 타고 갔었니?"

---

* 미국의 환경 연구 단체.

"당연하지."

"우리 오빠가 그 애와 같은 반이래."

그가 몹시 굶주렸다는 걸 나는 알고 있었다. 나도 굶주렸고, 옷 핀을 끼워 겨우 치마가 흘러내리지 않도록 했다. 나는 세상에서 가장 자연스러운 다이어트 요법을 했다. 먹을 것이 거의 없었기 때문이다.

여학생들이 키득거리는 소리가 났다. 그들은 이제 낮은 목소리로 말하고 있어서 에바는 더 이상 알아들을 수 없었다. 프란치스카가 에바 옆으로 와 앉았다.

"무슨 책인데 그렇게 읽고 있니?"

에바는 아직 읽지 않은 부분을 둘째와 셋째 손가락으로 붙들고 책장을 덮어 보여 주었다. 프란치스카가 큰 소리로 읽었다.

"'그대는 왜 세상에 빛을 비추는가?' 나도 알아, 이 책. 마음에 드니?"

에바는 고개를 끄덕였다.

"재미있어. 어떤 대목은 슬프기도 하고."

"슬픈 책을 좋아하니?"

"응. 좋은 책이라면 읽다가 적어도 한 번은 울 수 있어야 한다고 생각해."

"나는 책을 읽을 땐 절대 울지 않아. 하지만 영화관에서는 조금만 슬퍼져도 금방 울어 버리지."

"나는 정반대야. 영화관에서는 울지 않지만 책을 읽을 땐 자주 울어. 영화는 잘 보러 가지도 않지만."

"함께 영화 보러 가면 되겠네. 어때?"

에바는 어깨를 으쓱해 보였다.

"그러든지."

내가 언제 울었더라? 책의 어떤 대목에서 내가 울었었지? 사실상 사랑, 애무, 신뢰, 고독 같은 통속적인 말이 나올 때마다 늘 그랬어. 에바는 카롤라와 레나를 지켜보았다. 레나는 카롤라가 마치 자기 소유인 양 보란 듯이 팔로 감싸고 있었다. 카롤라도 전에는 꼭 그렇게, 에바에게 팔을 얹고는 했었다. 에바는 누군가가 남들 앞에서 거리낌 없이, 무엇보다 당연하다는 듯이 어깨에 팔을 올릴 때 전해 오는 따뜻함을 잘 알고 있었다. 그들의 모습을 보니 마음이 아파 왔다. 대체 저렇게 우정을 과시하는 사람들은 남들의 마음을 알기는 하는 걸까? 친구도 없고 완전히 외톨이인 사람들, 다정하게 지내고 언제나 스스럼없이 만질 수 있는 그 누군가가 없는 그런 사람들을 말이다.

에바는 자리에서 일어났다.

"차 한 잔 더 마셔야겠어."

그녀는 가면서 이렇게 말했다. 아침에 교실에 들어서면 자신에게 인사를 건네는 유일한 친구인 프란치스카의 마음을 상하게 하고 싶지 않았기 때문이다.

에바는 늘 늦게, 마지막 순간이 되어서야 교실에 들어섰다. 프리드리히 거리와 엘리자베트 거리가 만나는 길모퉁이에 표준 시계가 하나 있었다. 그곳에서 그녀는 늘 8시 4분 전이 될 때까지 기다렸다. 교실에 너무 일찍 도착해서 아침마다 '내가 어제 있잖아' 하는 식의 이야기를 듣고 싶지 않았기 때문이다.

차는 밋밋하고 달짝지근한 맛이 났다. 뜨겁기만 했다.

에바는 슈나이더 진미珍味 식품점의 쇼윈도 앞에 서 있었다. 유리에 비치는 자신의 모습을 볼 필요가 없도록 쇼윈도 창에 바짝 붙어 서 있었다. 일그러지고 흐물거리는 에바의 모습. 그런 모습은 보고 싶지 않았다. 그러지 않아도 너무 뚱뚱하다는 사실을 충분히 알고 있었다. 날마다, 매주 다섯 번씩이나 자신을 남들과 비교해 볼 수 있었기 때문이다. 그녀는 아침마다 다른 학생들이 몸에 딱 붙는 청바지를 입고 돌아다니는 모습을 보고만 있어야 했다. 그녀만이 그토록 뚱뚱했다. 누구도 쳐다보고 싶어 하지 않을 것 같았다. 열한 살인가 열두 살 때부터 그녀는 늘 배가 고팠고, 아무리 먹어도 배는 채워지지 않았다. 열다섯 살이 된 지금은 몸무게가 67킬로그램이나 되었다. 게다가 키도 별로 크지 않았다.

지금도 그녀는 배가 고팠다. 방과 후에는 늘 배가 고팠다. 그녀는 기계적으로 지갑에 든 잔돈을 세어 보았다. 4마르크 80페니히가 남아 있었다. 청어 샐러드는 100그램당 2마르크였다. 밖에서 찌는 듯한 더위에 시달리다가 가게 안으로 들어서니 시원했다. 음식 냄새를 맡자 그녀는 허기에

지쳐 머리가 어지러울 정도였다.

"청어 샐러드 200그램에 마요네즈도 얹어 주세요."

그녀가 판매대 뒤에서 따분한 듯 무관심하게 귀를 후비고 있던 여점원에게 낮은 목소리로 말했다. 여점원이 에바의 말을 알아듣기까지는 약간 시간이 걸리는 것 같았다. 하지만 그 후 여점원은 귀에서 손가락을 빼내고 플라스틱 용기를 집어 들었다. 그리고 잘게 썬 청어와 얇은 오이 조각을 떠서 용기에 담았다. 거기에 마요네즈 한 숟가락을 더 얹어 저울에 올렸다.

"4마르크입니다."

여점원이 무덤덤하게 말했다.

에바는 계산대에 돈을 재빨리 내려놓았다. 그리고 용기를 집어 들고 인사도 없이 가게를 나왔다. 여점원은 계속해서 귀를 후비고 있었다.

밖으로 나오자 다시 무더웠다. 태양이 뜨겁게 내리쬐고 있었다. '이제 겨우 유월인데 무슨 날씨가 이렇게 덥지?' 손에 든 용기는 차가웠다. 그녀는 종종걸음을 쳤고, 공원으로 들어설 때는 거의 뛰다시피 했다. 어디서나 벤치에는 사람들이 햇빛을 쬐며 앉아 있었다. 남자들은 셔츠를 벗고 있었고, 여자들은 다리를 제대로 태우려고 치마를 무릎 훨씬 위까지 걷어 올리고 있었다. 에바는 천천히 벤치들 곁을 지나갔다. 사람들이 나를 돌아보았을까? 나에 대해 무슨 말을 했을까? 어린 여학생이 이렇게 살이 쪘다고 비웃은 건 아닐까?

그녀는 늘어선 벤치들과 놀이터 사이에 경계를 이루고 있는 덤불숲가에 다다랐다. 그녀는 울타리로 심어 놓은 산사나무 두 그루 사이를 재빨리 헤치고 들어갔다. 뒤편에서 잔가지들이 다시 마주치는 소리가 들렸다.

이곳은 방해받을 염려가 없고, 사람들의 눈에 띄지도 않았다. 그녀는 책가방을 어깨에서 미끄러뜨리듯 내려놓고 땅바닥에 웅크리고 앉았다. 풀이 그녀의 맨다리를 간질였다. 그녀는 용기 뚜껑을 벗겨 옆쪽 바닥에 내려놓았다. 그리고 잠시 주의 깊게 바라보았다. 기름지고 흰 마요네즈에 덮인 검붉은 청어 살점들이 들어 있었다. 그 조각 하나에는 은빛 껍질이 붙어 있는 것도 보였다. 그녀는 그 조각을 엄지와 검지로 조심스럽게 집어 입에 넣었다. 그것은 시원했고 새콤하면서 맵싸한 맛이 났다. 그녀는 마요네즈의 부드럽고도 고소한 맛이 뚜렷이 느껴질 때까지 혀로 청어 살을 천천히 굴렸다. 그러고 나서 씹어 삼켰다. 그녀는 다시 손가락을 용기에 집어넣어 청어를 입으로 마구 퍼 넣었다. 남은 소스는 집게손가락으로 긁어냈다. 용기가 다 비자 그녀는 한숨을 내쉬며 일어나 그것을 덤불숲 아래로 던져 버렸다. 책가방을 다시 어깨에 둘러맨 그녀는 두 손으로 치마를 쓰다듬어 폈다. 왠지 서글프고 맥이 빠지는 느낌이 들었다.

2

에바는 아래쪽 건물 출입문에서 초인종을 짧게 두 번 눌렀다. 늘 그렇게 했다. 그러면 엄마가 점심 식사를 데우려고 전기레인지를 켜는 것이다. 에바가 집에 도착했을 때 엄마와 남동생은 이미 식사를 마친 후였다. 이제 열 살인 베르톨트는 길모퉁이에 있는 초등학교에 다니고 있었다.

오늘은 식사가 아직 준비되어 있지 않았다. 사과 시럽을 곁들인 팬케이크가 오늘의 메뉴였다. 엄마는 팬케이크를 항상 그 자리에서 바로 구워 주었다. "팬케이크는 아주 바삭해야 해. 데우면 행주처럼 물컹해지니까." 엄마는 늘 이렇게 말하고는 했다.

"베르톨트는 어디 갔어요?"

에바가 식탁에 앉으면서 물었다. 무슨 말이든 꺼내야 했기 때문이다.

"아까 수영장에 갔어. 날씨가 더워서 학교가 쉰다는구나."

"우리 학교는 왜 안 쉬는지 몰라. 우리 학교는 실내가 시원해서 참을 만하다고 생각하나 봐요."

엄마는 프라이팬을 미리 레인지 열판에 올려놓은 상태였다. 지글거리는 뜨거운 기름 위에 반죽 한 국자를 붓자 튀겨지는 소리가 요란하게 났다.

"오늘은 뭐할 거니?"

이렇게 물으며 엄마는 팬케이크를 뒤집었다. 에바는 사과 시럽을 유리 대접에 퍼 담아 먹기 시작했다. 뜨거운 기름 냄새 때문에 속이 메슥거렸다.

"팬케이크는 별로 먹고 싶지 않아요, 엄마."

엄마는 잠시 하던 일을 멈추고 팬케이크가 올려진 뒤집개를 손에 들고 서서 딸을 이상하다는 듯이 쳐다보았다.

"왜? 몸이 아프니?"

"아뇨. 오늘은 그냥 팬케이크가 먹고 싶지 않아요."

"하지만 평소에는 아주 좋아했잖아."

"팬케이크를 좋아하지 않는 게 아니라, 단지 오늘은 먹고 싶지 않다고요."

"영문을 모르겠구나. 평소에는 늘 팬케이크를 즐겨 먹던 애가……!"

"오늘은 아니라고요."

엄마가 화를 냈다.

"이 더위에 여기 붙어 서서 팬케이크를 굽고 있는데 한 입도 안 먹겠다니.”

털썩! 팬케이크가 에바의 접시 위에 놓였다.

“더구나 널 일부러 기다리고 있었는데 말이야.”

엄마는 또다시 반죽을 프라이팬에 부었다.

“원래 난 2시에 레나테 이모에게 갈 생각이었어.”

“왜 가지 않으셨어요? 전 더 이상 어린애가 아니란 말이에요.”

엄마는 두 번째 팬케이크를 뒤집었다.

“말만 그렇게 하지, 내가 신경 써 주지 않으면 제대로 챙겨 먹지도 못하면서.”

에바는 기계적으로 팬케이크에 사과 시럽을 발랐다. 그때 두 번째 케이크가 또 나왔다.

“이제 됐다고요, 엄마.”

에바가 간청하듯이 말했다. 엄마는 프라이팬을 열판에서 내려놓고 새 블라우스로 갈아입었다.

“내가 카우프호프 백화점에서 멋진 체크무늬 옷감을 봐 둔 게 있단다. 가격도 아주 싸서 미터당 6마르크 80페니히밖에 하지 않아. 레나테가 내게 여름옷을 한 벌 지어 주겠다고 약속했었거든.”

“엄마도 옷을 잘 만드시잖아요. 그런데 왜 늘 슈미트후버 아줌마를 찾아가는 거예요?”

“만날 ‘슈미트후버 아줌마’라고 부르지 좀 마. ‘레나테 이모’라고 불러야지.”

“제 이모는 아니거든요.”

"하지만 그 애는 내 친구야. 그리고 너를 엄청 좋아하기도 하고. 지금까지 너를 위해 예쁜 옷도 여러 벌 지어 줬잖아."

맞는 말이었다. 슈미트후버는 끊임없이 에바를 위해 원피스와 치마를 만들어 주었다. 에바가 그 옷들을 입고서도 별 폼이 나지 않는 것은 슈미트후버의 책임이 아니었다. 에바는 어떤 옷을 입어도 '뽄새'가 나지 않았다.

"오늘 오후에는 뭐할 거니?"

"아직 잘 모르겠어요. 숙제나 해야죠."

"너무 공부에만 매달리지 마, 얘야. 좀 즐기기도 해야지. 난 네 나이 때 남자애들과 데이트 약속도 많았단다."

"엄마, 제발 절 그냥 내버려 두세요."

"다 널 생각해서 한 말일 뿐이야. 열다섯 살이나 된 애가 곰처럼 집에 틀어박혀 지내서야, 원."

에바가 큰 소리로 신음을 냈다.

"좋아, 됐어. 네가 내 말을 듣지 않으려 하는 건 다 알아. 그래, 혹시 영화라도 보러 갈 생각 있니? 돈 좀 줄까?"

엄마는 지갑을 열고 5마르크짜리 동전 두 개를 식탁 위에 놓았다.

"잔돈은 돌려줄 필요 없다."

"고마워요, 엄마."

"난 이제 가 볼게. 6시나 되어야 돌아올 거야."

에바가 고개를 끄덕였지만 엄마는 보지 못했다. 현관문이 이미 등 뒤로 닫힌 후였다.

에바는 안도의 한숨을 쉬었다. 엄마와 엄마 친구 슈미트후버! 에바는 슈미트후버를 좋아하지 않았다. '레나테 이모'라니! 에바는 그렇게 친근하게 부르고 싶지 않았다. 베르톨트가 얼마나 쉽게 '레나테 이모'라고 부르고, '레나테 이모'는 베르톨트의 머리를 쓰다듬어 주며 얼마나 귀여워하는지, 그녀는 매번 놀랄 따름이었다.

"레나테가 애들을 얼마나 좋아하는지 몰라. 자기 애를 가질 수 없다는 게 가장 큰 근심거리지."

엄마는 이렇게 말하고는 했다. '그렇지만 근심하는 기색은 별로 보이지 않던데.' 하고 에바는 생각했었다.

"그래, 에바, 학교생활은 어때? 남자 친구는 좀 생겼니?"

둥근 얼굴에 '히히' 하고 키득거리는 웃음, 하얀 이들 위로 새빨갛게 칠한 두툼한 입술, 에바를 감싸 안으려던 통통한 팔 그리고 바짝 조여 올려 가슴 사이의 골을 드러내는 깊게 패인 옷.

"자기가 가진 걸 자연스레 보여 주는 게 뭐 어때서. 그렇지 않니, 마리안네?"

그러면 에바의 엄마는 동의한다는 표시로 고개를 끄덕이곤 했다. 슈미트후버가 어떤 주장을 하면 엄마는 늘 찬성하는 고갯짓을 했다. 에바는 인류의 절반이 가슴을 달고 돌아다니니, 그것을 자랑하거나 특별히 내보여야 할 아무런 이유가 없다고 여겼다.

에바는 자기 방으로 갔다. 그녀는 레너드 코헨의 카세트테이프를 집어넣고 스피커 볼륨을 최대로 높였다. 엄마가 없을 때만 그렇게 할 수 있었다. 그녀는 침대에 드러누웠다. 묵직한 저음의 목소리가 느릿한 노래에 실려 방 안을 가득 채웠고, 에바의 살갗에 닿아 떨렸다.

그녀는 침대 옆 작은 탁자의 서랍을 열어 보았다. 정확했다. 거기에는 정말로 판 초콜릿 하나가 아직 들어 있었다. 그녀는 다시 침대에 몸을 누이고 조심스러운 손놀림으로 초콜릿의 은박지를 벗겼다. 방이 동쪽을 향하고 있어서 다행이었다. 초콜릿은 물컹하기는 했지만 완전히 녹은 것은 아니었다. 그녀는 한 조각을 떼어 내 둘로 쪼갠 다음 모두 입안으로 밀어 넣었다. 부드럽고 씁쓸하고! 연하고 부드럽고, 쓰고 씁쓸해. 부드럽게 쓰다듬고 씁쓸하게 운다. 에바는 재빨리 한 조각을 더 입에 넣고 팔다리를 쭉 뻗었다. 그녀는 팔베개를 해서 목덜미를 받치고, 끌어당긴 오른쪽 무릎 위에 왼쪽 종아리를 비스듬히 걸쳤다. 그런 자세로 자신의 왼쪽 맨발을 자세히 살펴보았다. 볼품없는 장딴지와 허벅지에 비하면 얼마나 앙증맞은지. 그녀는 발을 가볍게 아래위로 흔들며 발톱의 생김새를 신기하게 여겼다. '반달 모양이네.' 하고 그녀는 생각했다.

엄마의 발은 엄지 뿌리 쪽이 불룩 솟았고, 폭이 넓은 평발에다 발가락들은 가운데로 휘어서 정말 꼴사나운 모양새였다. 에바는 엄마의 발을 보면 구역질이 났다. 특히 여름에 엄마가 끈으로 된 샌들을 신을 때면 그랬다. 불그스름하게 변한 불룩한 부분이 가는 가죽 끈들 사이로 삐져나와 있었다.

에바는 다시 초콜릿을 집어 들었다. 레너드 코헨의 노래가 들려왔다.

"She was taking her body so brave and so free, if I am to remember, it's a fine memory."

에바의 머릿속에서 자동적으로 뜻이 해석되었다. '그녀는 몸매를 그토록 대담하고 자유롭게 드러내고 다녔지, 만약 내가 그것을 멋진 기억으로 간직해야 한다면.'

초콜릿 맛이 그녀의 입안에서 씁쓸하게 변했다. 부드럽게 씁쓸한 것이 아니라 불쾌한 씁쓸함이었다. 쓴맛이 났다. 지독했다. 그녀는 초콜릿을 재빨리 삼켜 버렸다. '나는 초콜릿을 먹어서는 안 돼. 그렇지 않아도 너무 뚱뚱하니까.' 그녀는 저녁 식사 때는 아무것도 먹지 않기로 결심했다. 어쩌면 요구르트 한 컵쯤은 먹어도 될 것이다. 그래도 입에서 쓴맛은 사라지지 않았다. "그녀는 몸매를 그토록 대담하고 자유롭게 드러내고 다녔지." 레너드 코헨의 노래에 나오는 그 여자의 몸매는 분명 근사했을 것이다. 가슴도 작고 허벅다리도 날씬한 밥시처럼. 하지만 그렇다면 그는 왜 그 여자를 대담하다고 했을까? 근사한 몸매를 가진 사람이 자신의 모습을 보여 주는 게 뭐 그리 대담한 일이라고!

"넌 정말 너무 뚱뚱해."

엄마는 얼마 전에 이렇게 말했었다.

"계속 그런 식으로 나가다간 이제 곧 맞는 치수가 없겠구나."

아빠가 히죽 웃으며 말했다.

"그냥 놔 둬. 손에 쥐어 보는 걸 아주 좋아하는 남자들도 있으니까."

그러면서 아빠는 외설적인 손동작을 해 보였다.

에바는 얼굴이 벌겋게 달아올라 벌떡 일어섰다. 엄마가 말했다.

"아니 여보, 어린애 앞에서 어떻게 그런 말을 해요?"

그 '어린애'는 격분해서 등 뒤로 문을 쾅 소리 나게 닫았다.

엄마가 뒤따라 방으로 들어왔다.

"제발 그렇게 예민하게 굴지 마, 에바. 아빠는 그런 뜻으로 말씀하신 게 아니야."

그러나 에바는 아무런 대꾸도 하지 않았다. 그녀는 말없이 공부할 거리를 책상 위에 시위하듯이 펼쳐 놓았다. 엄마는 이러지도 저러지도 못하고 잠시 더 문가에서 서성거리다가 나갔다.

'남자들은 손으로 쥐어 보는 걸 아주 좋아한다고?' 에바는 화가 나서 생각했다. '그럼 내가 어떤 남자가 손으로 쥐어 볼 거리밖에 안 된다는 거야?'

그녀는 오디오를 껐다. 레너드 코헨의 목소리가 그쳤다.

에바는 마음이 안정되지 않았다. 그녀는 무엇을 해야 좋을지 몰라 방에 서서 주변을 둘러보았다. 책을 읽을까? 아니야. 숙제를 할까? 아니야. 피아노나 쳐 볼까? 아니. 그러면 더 남은 게 뭐지? 산책? 이 무더위에! 혹시 수영하러 가는 건 어떨까? 이런 날씨에 그것은 나쁘지 않은 생각이었다. 그럼에도 그녀는 아직 결심을 하지 못하고 있었다. 물이 유혹적인 것은 분명하지만, 한편으로 수영복을 입는 게 거북하기만 했다. 그녀는 비키니를 한 번도 입어 본 적이 없었다.

지난 5월에 그녀는 수영복을 한 벌 구입했다. 아주 비싼 걸로. 아빠의 봉급이 올랐기 때문이었다. 아빠는 할머니에게서 크리스마스 선물로 받은 천연색 돼지가죽 지갑을 열더니 에바에게 100마르크짜리 지폐 한 장을 손에 쥐여 주었다.

"자, 사고 싶었던 게 있으면 사도록 해라."

"수영복 어때?"

엄마가 말했다.

"수영복이 필요할 텐데?"

그다음 날 에바는 탈의실의 거울 앞에 붙어 서서 절망에 빠져 울부짖고 싶은 마음을 간신히 억눌렀다. She was taking her body so brave and so free. 에바는 여점원이 커튼을 옆으로 젖히고 그런 자신의 모습을 볼까 봐 겁이 났다.

"수영복은 잘 맞나요, 아니면 한 치수 큰 걸로 가져다 드릴까요?"

그것은 쓰라린 기억이었다. 지금까지도 에바는 기억 속에서 그때의 부끄러움과 어색하고 당황스러웠던 마음을 느낄 수 있었다.

"빌어먹을." 그녀는 방 안에서 큰 소리로 말했다.

그녀는 수영 용품을 챙겨 들고 등 뒤로 문을 세차게 닫았다. 그녀는 문을 쾅 소리 나게 닫는 것을 좋아했다. 그것이 사실 화가 났을 때 하는 유일한 행동이었다. 그것 말고 뭐가 있을까? 소리 지르기? 이미 얼간이처럼 보이는 사람이라면 남들 눈에 띄는 짓은 삼가야 했다. 그런 짓을 해서는 안 되었다.

3

에바가 집 밖으로 나서자 후끈한 열기가 끼쳐 왔고, 도로의 아스팔트 위로도 열기가 아지랑이처럼 피어올랐다. 눈이 따가웠다. 서늘하고 조용한 자신의 방에서 나온 것이 벌써부터 후회가 될 지경이었다. 그녀는 공원을 가로지르는 길을 선택했다. 그 길이 약간 더 멀기는 하지만 나무 그늘로 걸어가면 열기는 견딜 만했기 때문이다.

이 시간에 공원의 벤치들은 텅 비다시피 했다. 에바는 숨어서 청어 샐러드를 먹던 덤불숲을 지나갔다. 걸어가다가 길에 놓인 자갈을 바라보았다. 자갈은 노란빛을 띤 갈색이었는데, 그녀의 맨발가락들도 벌써 같은 색의 먼지에 덮여 있었다. 그때 그녀는 누군가와 부딪쳐 비틀거리며 넘어졌다. '아이쿠야!' 하는 소리가 들렸다.

"어디 다치지 않았니?"

에바는 고개를 들어 보았다. 앞에 동갑내기쯤으로 보이는 남학생이 서서 그녀에게 손을 내밀었다. 그녀는 어쩔 줄 몰라 하며 그 손을 잡고 부축을 받으며 몸을 일으켰다. 남학생이 몸을 숙여 바닥에 떨어져 있는 수건과 수영복을 주워 그녀에게 건넸다. 그녀는 그것들을 다시 둘둘 말았다.

"고마워."

그녀는 무릎이 긁혀 쓰라리는 것을 느꼈다. 남학생이 말했다.

"얼른, 저기 건너편 분수대로 가 보자. 거기 가면 다친 무릎을 씻을 수 있을 거야."

에바는 땅바닥을 쳐다보고 있었다. 그런 상태로 고개만 끄덕였다. 남학생이 웃으며 말했다.

"자, 어서. 얼른 가자고."

그가 그녀의 손을 끌었고, 그녀는 절뚝거리며 나란히 분수대로 갔다.

"난 미헬이라고 해. 원래는 미하엘이지만 다들 미헬이라고 불러. 넌 이름이 뭐야?"

"에바."

그녀는 곁눈질로 그를 쳐다보았다. 마음에 드는 남학생이었다.

"에바라……"

그가 '에' 발음을 아주 길게 끌더니 히죽 웃었다.

그녀는 어리둥절해졌고, 옆의 남학생이 히죽거리자 화가 났다. 그래서 씩씩거리며 말했다.

"퍽이나 우습겠다. 나도 알아. 나 같은 코끼리^{Elefant}가 이름까지 에바^{Eva}라고 불리는 게 얼마나 우스꽝스러운지."

"나 원, 기가 차서. 내가 무슨 말을 했다고 그래? 네 마음에 안 들면 내가 가면 그만이잖아."

그러나 그는 가지 않았다.

에바는 분수대 가에 앉았다. 그녀는 샌들을 벗고 얕은 물에 맨발을 담갔다. 미헬이 분수대 안으로 들어가 오목하게 손을 오므리고 물을 떠서 그녀의 무릎 위에 부어 주었다. 그러자 무릎이 화끈거렸고, 물은 걸쭉한 핏빛 액체로 변해 그녀의 정강이뼈를 타고 흘러내렸다.

"집에 가면 거기에다 반창고 붙여야겠다."

그녀는 고개를 끄덕였다.

미헬이 분수대 안을 첨벙거리고 휘저으며 돌아다녔다. 에바는 웃음을 참을 수 없었다.

"원래 난 수영장에 갈 참이었어. 하지만 이 분수대도 좋은걸."

"게다가 돈도 한 푼 안 들지."

미헬이 맞장구쳤다.

에바가 물속에서 발을 구르자 물방울이 높이 튀어 올랐다. 그녀는 몸을 숙이고 달아오른 얼굴에 물을 뿌렸다. 그런 다음 그들은 다시 분수대를 두르고 있는 낮은 담장에 앉았다. 미헬이 말을 꺼냈다.

"돈만 있다면 네게 콜라 마시러 가자고 초대할 텐데. 하지만 아쉽게도……!"

에바가 자신의 치마 주머니를 뒤적이더니 5마르크짜리 동전 하나를 그에게 내밀었다.

"자, 초대해 봐."

그녀가 얼굴을 붉히며 말했다.

미헬이 또다시 웃었다. 웃는 모습이 멋졌다.

"너, 참 못 말리는 애구나."

그가 돈을 받을 때 잠시 동안 그들의 손이 맞닿았다.

"와, 이제 난 부자가 됐네."

그가 밝은 목소리로 활기차게 외쳤다.

"숙녀분께서는 뭘로 드시겠습니까? 콜라 아니면 레모네이드?"

두 사람은 공원의 반대편 끝에 있는 노천카페로 나란히 걸어갔다. 그녀가 남학생과 함께 걷는 것은 이번이 처음이었다. 물론 남동생은 제외하고. 그녀는 옆에서 그를 힐끗 쳐다보았다. 갑자기 미헬이 말했다.

"에바는 아주 예쁜 이름이야. 약간 구식으로 들리긴 해도 마음에 들어."

그들은 커다란 플라타너스 아래 아직 두 자리가 비어 있는 탁자를 발견했다. 그곳은 만원이었다. 손님들은 웃고 떠들어 대며 맥주를 마셨다. 콜라는 얼음처럼 차가웠다.

"아까 널 만나기 전에는 무지 따분했거든."

"나도 그랬어."

"넌 몇 살이야?"

미헬이 물었다.

"열다섯. 너는?"

"나도."

"몇 학년인데?"

에바가 물어보았다.

"9학년. 얼마 후면 그 지긋지긋한 공부에서 해방이라고."

"나도 9학년이야. 김나지움*에 다녀."

"아, 그렇구나."

두 사람 모두 말이 없었고, 각자 콜라만 홀짝거리며 마셨다. '내가 아무 말도 하지 않고 있으면 날 멍청하고 따분한 애라고 여길 거야. 하지만 이 애도 아무 말이 없잖아.'

"넌 학교 졸업하면 뭘 할 거야?"

"나? 난 마도로스**가 될 거야. 물론 당장은 아니지만, 몇 년 지나면 난 마도로스가 되어 있을 거야. 내 말 믿어도 좋아. 언제까지나 일자리를 찾아 헤맬 일은 없을 테니까. 함부르크에 삼촌이 한 분 계신데, 그분이 내가 일할 배를 찾아 주실 거거든. 처음에는 수습 선원으로. 우리 삼촌은 많은 사람들을 알고 있으니 날 분명히 어딘가 취직시켜 주실 거야. 내가 성적 증명서를 받는 대로 말이야."

그 말은 에바의 마음을 아프게 했다. '이 애는 이제 곧 떠나 버릴 거잖아. 멍청이.' 이렇게 생각하며 그녀는 억지로 미소를 지어 보였다.

"난 아직 몇 년 더 학교에 다녀야 해."

"나에겐 도무지 맞지가 않아. 그렇게 매일같이 웅크리고 앉아 공부만 하는 게."

"난 재미있는걸."

미헬이 요란하게 트림을 했다. 종업원이 옆으로 지나갔다. 미헬이 그녀를 손짓으로 불러 계산을 했다. 그녀가 1마르크를 거슬러 주자 미헬은 그것을 자기 주머니에 챙겨 넣었다. '내 돈을 왜 자기가 챙겨, 기가 막혀서.' 에바는 생각했다.

미헬이 물었다.

"무릎, 아직도 아프니?"

에바는 고개를 좌우로 흔들었다.

"아니, 하지만 이제 집에 가야겠어."

그들은 천천히 보조를 맞추며 나란히 걸어갔다. 두 사람은 서로 몸이 닿지는 않았지만 보폭이 같아지도록 신경을 썼다.

"우리 내일 함께 수영장에 갈까?"

미헬이 물었다. 에바가 고개를 끄덕이며 말했다.

"몇 시에 만날까?"

"3시에 분수대에서. 그래도 좋겠어?"

에바의 집 앞에 다다르자 그들은 악수를 나누었다.

"잘 있어, 에바."

"또 만나자, 미헬."

엄마와 남동생은 아직 집에 돌아오지 않았다. 에바는 시계를 쳐다보았다. 5시 15분. 반 시간 후면 아빠가 집으로 돌아올 것이다. 에바는 욕실로 가서 수도꼭지를 틀었다. 그녀는 흐르는 찬물에 손과 팔을 대고 세면대 위에 달린 조그만 거울을 들여다보았다. 햇빛에 그을려 뺨이 발갛게 상기되어 있었다. 사실 제법 예뻐 보였다. 그녀의 얼굴은 결코 못생긴 편이 아니었고, 짙은 금발의 곱슬머리는 눈에 띄게 아름다웠다. 이마 윗부분에 나기 시작한 머리털은 곱슬곱슬하고 아주 밝은색이었다. 그녀는 두 손으로 말총머리를 쥐고 머리끈을 풀었다.

'이렇게 하고 있으니 마돈나와 거의 비슷해 보이는데. 언젠가 날씬해지기만 한다면 머리 모양을 이렇게 하고 다녀야지.'

그녀는 뭔가 결심한 듯 다시 말총머리로 묶어 머리끈으로 고정시켰다. 그 후 그녀는 숙제를 시작했다. 그러나 정신을 집중하기가 힘들었다.

그때 현관문 열리는 소리가 들렸다. 아빠가 집으로 돌아온 것이다. 그녀는 재빨리 방 안을 둘러보고 침대 시트를 팽팽하게 당겨 놓았다. 아빠는 모든 것이 잘 정돈되어 있는 걸 좋아했다. 때로는 정말 꼼꼼하게 챙기기도 했다. 더구나 그녀는 아빠가 집으로 돌아올 때 어떤 기분일지도 전혀 몰랐다. 아빠는 기분이 언짢을 때면 바닥에 널려 있는 스웨터나 거실 구석에 놓인 책가방에 대해 한없이 잔소리를 늘어놓기도 했다. 엄마는 5시가 되면 언제나 다시 한 번 온 집 안을 돌아다니며 널려 있는 것이 없는지 살폈다. 엄마는 이렇게 말하고는 했다. "구태여 소란을 일으킬 필요는 없잖니. 가능하다면 피하는 게 상책이지!" 에바는 아빠가 어떤 때는 왜 그렇게 마음에 거슬리는지, 아빠의 어떤 점들 때문에 기분이 상해서 때로는 견딜 수 없는 것인지 곰곰이 생각해 보았다. 바로 그 순간 아빠가 방문을 열었다.

"안녕, 에바. 그렇게 열심히 공부하는 걸 보니 정말 기쁘구나."

아빠가 그녀 뒤편으로 다가와 머리를 쓰다듬어 주었다. 에바는 영어책 위로 몸을 깊이 숙이고 있어서 아빠가 자신의 얼굴을 볼 수 없다는 걸 다행으로 여겼다. 머리를 쓰다듬는 그 손을 물어뜯지 않기 위해 꾹 참고 있었기 때문이다.

4

에바는 침대 옆 작은 탁자 위의 스탠드를 껐다. 그러자 거의 깜깜해졌다. 열린 창문을 통해 희미한 한 줄기 빛만 드리워졌다. 커튼이 흔들렸고, 가볍게 바람이 불어오자 그녀는 고마운 마음이 들었다. 마침내 기온이 약간 선선해졌다. 그녀는 무더운 밤에 이불로 사용하던 침대 시트를 위로 끌어당기고 몸을 이리저리 흔들어 편안한 자세를 취했다. 그녀는 저녁 식사 때 부모님의 잔소리를 귓등으로 흘려들으며 요구르트 한 통만 먹는 일을 정말로 해냈다. 그 때문에 스스로가 만족스러웠고 무척이나 뿌듯했다. 2주나 3주 동안 이정도로 해낸다면 몸무게가 분명 5킬로그램은 빠질 것이다. '나는 거뜬히 해낼 수 있을 거야. 나는 강하니까. 그래 나는 강해. 오늘 저녁에 그걸 분명히 보여 주었잖아.'

그녀는 행복해하며 모로 돌아누워 자신이 좋아하는 베개

를 머리 밑으로 밀어 넣었다. 사실 난 그렇게 많이 먹을 필요가 전혀 없어. 오늘 그 초콜릿은 먹지 않아도 되는 거였는데. 이런 식으로 해서 일단 날씬해지면 저녁에 안심하고 다시 뭔가 먹어도 될 거야. 어쩌면 버터 바른 토스트와 거기다 연어 한두 조각쯤은.

기름에 절인, 불그스름한 결이 있는 얇은 연어 조각을 머리에 떠올리자 그녀의 입안에 군침이 돌았다. 그녀는 연어의 맵싸한, 약간 쏘는 듯한 맛을 정말 좋아했다. 게다가 버터가 녹아 있는 따뜻한 토스트라니! 사실 그녀는 달콤한 초콜릿보다는 매운 음식을 더 좋아했다. 그런 음식은 먹어도 별로 살이 찌지 않는다. 양파와 고추냉이 크림을 곁들인 훈제 베이컨 역시 맛이 뛰어났다. 또는 양념이 잘된 콩 수프도!

기왕에 내일 아침부터 제대로 다이어트를 시작하기로 했으니 얇은 연어 조각 하나쯤은 먹어도 괜찮을 거야. 하지만 안 돼, 난 강하니까! 그녀는 자신이 이미 얼마나 자주 음식을 먹지 않으려고, 적어도 줄여 보려고 시도했는지 생각해 보았다. 그때마다 매번 마음이 약해졌다. 그러나 이번에는 그렇지 않아! 이번에는 사정이 전혀 달라. 나는 동생이 음식을 마구 퍼먹는 모습, 엄마가 수프를 떠먹으며 연신 감탄하는 모습을 아주 느긋하게 지켜볼 거야. 아빠가 늘 그러듯이 두툼한 햄을 빵 위에 골고루 펴 올리고, 반으로 가른 어린 오이 절임으로 더욱 꼼꼼하게 장식한다 해도 나는 눈 하나 깜짝하지 않을 거야. 그런 일들쯤이야. 또, 나는 수업을 마치고 집으로 돌아오는 길에 더 이상 진미 식품점 앞에 서서 코를 유리에 납작하게 짓누르고 있지도 않을 거야. 가게 안으로 들어가 청어 샐러드 4마르크어치를 사서 공원에서 몰래 허겁지겁 손가락으로 입에 쑤셔 넣지도 않을 거고. 이번에는 절대 그러지 않을 거야!

그렇게 몇 주만 지나면 학교에서 학생들이 이렇게 말하겠지. '에바가 정말 예뻐졌네. 이전에는 전혀 눈에 띄지 않았는데 말이야.' 그리고 남학생들은 어쩌면 다른 여학생들을 대하듯이 나에게도 말을 걸어오고, 함께 디스코텍에 가자고 할 거야. 그리고 미헬은 내가 너무너무 예뻐져서 홀랑 반해 버릴 거야. 이런 생각을 하자 그녀의 마음은 행복에 겨워 뿌듯해졌다. 마치 자신이 붕 떠서 방 안을 가볍게 무중력 상태로 돌아다니고 있는 듯한 느낌이 들었다. 그녀는 자유롭고 행복했다.

지금은 얇은 연어 조각이라면 조금은 먹어도 좋을 거야. 아주 작은 걸로, 기름이 방울방울 완전히 떨어지도록 오래 들고 있다가 먹는다면 말이야. 이제부터 모든 일이 계획대로 된다면, 머지않아 완전히 날씬해진다면 그 정도는 괜찮을 거야.

그녀는 살며시 몸을 일으켜 살금살금 부엌으로 갔다. 등 뒤로 문을 잠그고 나서야 그녀는 스위치를 눌러 불을 켰다. 그런 다음 냉장고를 열고 연어가 든 통을 집어 들었다. 아직 세 조각이 남아 있었다. 그녀는 엄지와 검지로 한 조각을 집어 높이 들었다. 처음에는 기름이 가늘게 줄줄 흘러내리더니 나중에는 방울만 떨어지다 차츰 잦아들었다. 한 방울만 더. 에바는 얇은 연어 조각을 불빛에 대고 비춰 보았다. 색이 너무나 고와! 입안에 침이 고였다. 그녀는 흥분해서 침을 꿀꺽 삼켰다. 이 한 조각만 먹어야지. 그녀는 입을 벌리고 연어를 안으로 밀어 넣었다. 뒤이어 연어를 입천장에 대고 혀로 지그시 눌러 보고 나서 천천히 맛을 즐기며 씹기 시작했다. 그런 다음 연어를 삼켰다. 연어가 사라졌다. 입안이 텅 비었다. 그녀는 아직 남아 있던 연어 두 조각을 성급히 입으로 쑤셔 넣었다. 이번에는 기름이 전부 다 떨어질 때까지 기다리지도 않았다. 또한 맛을 음미해 보지도 않고 제대로 씹지도 않은 채 삼켜 버렸다.

투명한 플라스틱 통에는 이제 기름만 남아 있었다. 그녀는 식빵 두 조각을 꺼내 토스터에 넣었다. 그러나 빵이 다 구워지기까지는 시간이 너무 길게 느껴졌다. 더는 견딜 수가 없었다. 에바가 안달이 나서 기계 옆에 달린 레버를 위로 올리자 빵 조각이 위로 튀어 올랐다. 빵 조각은 아직 흰색에 가까웠지만 따뜻하고 맛있는 냄새가 났다. 그녀는 재빨리 버터를 펴서 바르고 그것이 녹기 시작하는 모습을 홀린 듯이 지켜보았다. 버터는 처음에는 더 얇게 발린 가장자리에서, 잠시 후에는 가운데서도 녹기 시작했다. 냉장고에는 아빠가 즐겨 먹는 고르곤졸라 치즈도 한 덩이 들어 있었다. 그녀는 치즈를 나이프로 한 조각 잘라 낼 여유도 없이 단숨에 한 입 베어 물었다. 빵을 베어 물고, 치즈를 베어 물었다. 베어 물고, 씹고, 삼키고 또다시 베어 물었다.

냉장고는 얼마나 근사한 음식으로 골고루 채워져 있었던
가. 삶은 계란 하나, 토마토 두 개, 햄 몇 조각 그리고 약간
의 살라미가 연어와 토스트와 치즈의 뒤를 이었다. 에바는
황홀한 기분으로 씹고 있었고, 그녀는 오직 하나의 입이었
다.

그러고 나자 에바는 속이 메스꺼워졌다. 그녀는 별안간
자신이 부엌에 와 있고, 천장 등이 켜져 있고, 냉장고 문이
열려 있다는 사실을 깨달았다.

에바는 울었다. 그녀가 느린 동작으로 냉장고 문을 닫고,
식탁을 치우고, 불을 끄고, 자신의 침대로 돌아가는 동안
눈에서는 눈물이 솟구쳐 뺨을 타고 흘러내렸다.

그녀는 침대 시트를 머리끝까지 끌어올리고 얼굴을 베개
에 묻고 어떻게든 흐느끼는 소리를 내지 않으려고 애썼다.

5

다음 날 아침, 에바는 잠에서 깨어나자 눈이 쓰라렸다. 처음에는 그냥 아픈 척 집에 드러누워 있으려 했다. 다시 힘들게 일어나 학교로 가서 비참한 마음으로 지난밤 일을 떠올리고 싶지 않았다. 그리고 그 전의 수많은 밤들도.

그녀는 맥없이 시트를 머리 위로 끌어올렸다. 엄마가 방으로 들어왔다.

"아니 얘가, 벌써 7시다. 일어나야지!"

에바가 시트를 걷어 낼 기미도 보이지 않자 엄마가 다시 물었다.

"어디 아프니? 병이라도 난 거야?"

에바는 일어나 앉았다.

"아니에요."

"아휴 이런, 어디가 아픈 거야? 무슨 일이야?"

엄마는 에바에게 다가와 두 팔로 감싸 안았다. 잠시, 아주 잠시 동안 에바는 엄마의 팔에 안겨 있었다. 아직 치약과 헤어스프레이도 사용하지 않았는데 엄마에게서는 따뜻하고 좋은 냄새가 났다. 하지만 잠시 후, 그녀는 다시 감정을 꾹 누르고 말했다.

"잠을 잘 못 잤어요. 그냥 그뿐이에요."

에바가 학교에 오자 달라진 것은 전혀 없었다. 프란치스카가 새로 전학을 온 후 늘 그랬듯이. 프란치스카는 이상하게도 넉 달이 지난 지금까지도 계속 에바 옆자리에 앉았다.

에바는 오랫동안, 거의 2년이나 맨 뒤쪽 창가의 긴 의자에 홀로 앉아 있었다. 그 전에는 한때 카롤라가 곁에 있었다. 그녀는 아침마다 그 전날 어떤 일이 일어났는지 시시콜콜 얘기해 주었었다. 그러면 에바는 왠지 모르게 그 이야기를 스펀지처럼 빨아들였고, 그녀의 생활을 함께 경험했다. 생일 파티, 영화 관람, 유명 배우인 그녀의 숙모, 승마 수업. 그 모든 것을 에바는 함께 경험했다. 그러다가 마침내 그런 경험들은 질투심 때문에 생기를 잃고 빛이 바랬다. 카롤라와 레나, 레나와 카롤라. 멋쟁이 레나.

"레나도 승마를 한대! 멋지지 않니? 다음 일요일에 우린 함께 타기로 약속했어."

에바는 고개를 끄덕이며 말했다.

"멋지네."

에바는 그래도 계속해서 카롤라에게 노트를 베껴 쓰도록

해 주었고, 웃어 주었고, '아니'라고 생각했지만 '그래'라고 말했다. 그녀는 소리 지르고 펑펑 울면서 레나의 금발 머리채를 뽑아 버리고 싶었지만 미소를 지었다. 그 뒤에 기회가 오자 에바는 맨 뒤쪽 창가의 긴 의자가 놓인 자리로 옮겼다. 혼자였다.

카롤라와 레나는 그녀의 앞자리에 앉았다. 에바는 두 사람이 아침마다 나누는 대화를 들을 수 있었다. 이봐, 레나, 어제 파티에서 내가 있잖아……! 엄마가 나에게 스웨터를 하나 사 주셨는데, 완전히 예쁜 거 있지? 정말이라고! 에바는 또한 카롤라가 레나의 손을 쓰다듬는 것도 볼 수 있었다. 에바는 카롤라의 손이 얼마나 부드러운지 잘 알고 있었다.

그런데 그 후, 그러니까 지금으로부터 넉 달 전 어느 날, 긴 머리에 몸매가 호리호리한 프란치스카가 교실 문으로 들어섰다.

"저기, 난 프랑크푸르트에서 왔어. 아빠가 이곳 병원에 일자리를 얻었기 때문에 우린 이사를 오게 되었어."

그러자 호흐슈타인 선생님이 말했다.

"저기 에바 옆자리에 앉도록 해라."

프란치스카는 에바와 악수를 하고 자리에 앉았다. 그녀의 손은 작았다. 베르톨트의 손보다 작았다. 호흐슈타인 선생님은 그녀에게 전에 다녔던 학교에서 수학은 가장 최근에 무엇을 배웠는지 물어보았다. 그녀의 수학 진도가 대단히 늦다는 것을 확인한 선생님은 반 학생들을 향해 미소 지으며 말했다.

"프란치스카는 우리 바이에른 주의 수준에 도달하려면 시간이 오래 걸리겠구나."

호흐슈타인 선생님의 미소는 미소라기보다 그냥 입 꼬리를 옆으로 당기는 모습이어서 에바는 오래 전부터 이미 뭔가 거슬리던 참이었다.

에바는 프란치스카의 얼굴이 붉어지는 것을 보았다. 그녀는 무척 어려 보였고, 아빠한테서 야단을 맞을 때의 베르톨트처럼 어쩔 줄 몰라 하고 있었다. 그래서 에바가 자리에서 일어나 아주 큰 소리로 말했다.

"호흐슈타인 선생님, 그 말씀은 우리 바이에른 주 학생들이 헤센 주 학생들보다 더 똑똑하다는 뜻으로 하신 건가요?"

카롤라가 고개를 돌려 '잘했어.' 하고 속삭였다.

호흐슈타인 선생님은 여학생들의 고소해하는 히죽거림을 한 몸에 받자 당황해서 말을 더듬었다.

"그야, 물론…… 그런 뜻은 아니었어. 그건 다만, 너도 알겠지만 교과 과정상……!"

에바는 자신의 행동에 스스로도 깜짝 놀랐다.

"고마워."

옆자리의 여학생이 낮은 목소리로 말했다.

수업 시간이 끝나자 호흐슈타인 선생님은 다시 한 번 프란치스카를 향해 말했다.

"넌 우리 반 수학 일등 옆에 앉게 되었으니 운이 좋은 줄 알아라. 에바가 너에게 많은 도움이 될 거야."

에바는 이번에도 그 말이 실제로 조롱하는 의미였는지 확신이 서지 않았다. 좋은 뜻으로 한 것 같기도 했다.

프란치스카는 여전히 에바 옆자리에 앉았다. 그리고 그녀의 수학 실력도 여전히 나빴다. 에바가 자신의 수학 노트들을 힘들여 꺼내, 바로 다음 날 그녀에게 건네주었는 데도 말이다. 그리고 그녀는 여전히 에바에게 말을 걸었고, 선생님들에 관해 함께 얘기를 나누었고, 아침 인사로 에바에게 손을 내밀었다.

"무슨 일 있니?"

"아니. 왜?"

"그렇게 보여서."

"머리가 아파서."

"그러면 집에 있지 왜 나왔어?"

에바는 대답하지 않았다. 그녀는 가방에서 책을 꺼냈다. 그녀는 이 교실이라는 공간이 싫었다. 이 학교라는 건물이 싫었다. 날이면 날마다 늘 그랬다! 그녀는 이미 4년을 보냈고, 또 앞으로 4년 넘게 남아 있었다. 그것은 견디기 힘든 일이었다. 1교시는 호흐슈타인 선생님의 수학, 2교시는 페터스 선생님의 국어, 3교시는 뷔트록 선생님의 생물, 4교시는 클라이너 선생님의 영어, 5교시는 하우저 선생님의 미술, 6교시는 벤델 선생님의 불어. 이 모든 과목에서 그녀는 좋은 성적을 받아야만 했다.

영어 시간에 시험을 치렀다. 그녀는 어제까지 줄곧 공부를 했다. 그런데 앞자리에 앉은 카롤라는 앓는 소리를 하고 있었다.

"더구나 이 더운 날씨에 시험이라니. 어제 난 7시까지 수영장에 있었다니까."

에바는 생각했다. '한심하군, 저 애는 늘 불평만 늘어놓지, 뭔가 해 보려 들지를 않아. 다 자기 잘못이지.'

"프란치스카, 커닝 페이퍼 좀 건네주면 안 돼?"

카롤라가 간절하게 속삭이는 소리로 말했다. 프란치스카는 엄마가 영국인이어서 클라이너 선생님보다 영어를 잘했기 때문이다. 프란치스카가 고개를 끄덕였다.

에바는 답을 적기 시작했다. 프란치스카가 그녀에게 쪽지를 슬쩍 넘겨주며 낮은 소리로 말했다.

"카롤라에게 전해 줘."

에바는 쪽지를 되밀었다.

"제발 그러지 마. 얼른 건네줘."

에바는 머리를 살짝 흔들었다. 그녀는 고개도 들지 않고 거의 드러나지 않게 머리를 움직였다. 그러나 속으로는 누구나 알아볼 수 있게 머리를 흔들고 싶었고, 싫다고 큰소리로 외치고 싶은 마음이 간절했다. '쟤는 수영하러 가고, 파티에 나가고, 춤추러 다니고, 항상 무슨 일을 벌여! 그런데 왜 좋은 점수까지 받아야 하지?'

프란치스카는 그녀가 머리를 살짝 흔드는 것을 보고서 몸을 대각선 건너편으로 숙여 쪽지를 카롤라의 어깨 위로 떨어뜨렸다.

클라인 선생님은 그 자리에서 몇 걸음밖에 떨어져 있지 않았다. 그는 프란치스카의 답안지를 거두어 자신의 책상 위에 올려놓았다. 그리고 작성한 답안에 빨간 사인펜으로 비스듬히 굵은 줄을 그었다.

누구도 어떤 말을 하지 않았다. 프란치스카는 별 표정의 변화 없이 자리에 앉아 있었다. '다 자기 잘못이지. 순전히 자기 잘못이야. 누가 그렇게 하라고 강요한 것도 아니잖아.' 에바는 이런 생각도 했다. '카롤라에게도 잘못이 있어. 왜 실컷 놀고 나서는 나중에 가서야 남들이 도와주기를 바라는 거야?'

쉬는 시간에 프란치스카는 에바 곁에 다가오지 않았다.

6

에바는 오후 3시에 분수대에 나와 있었다. 짙은 색 옷은 날씬해 보이게 해 준다. 그래서 그녀는 폭이 좁은 짙은 청색 치마를 입고 슈미트후버가 여름옷으로 지어 준 짙은 청색 블라우스를 입었다.

미헬은 아직 나타나지 않았다. 에바는 손바닥을 펴서 분수대 담장을 문질렀다. 먼지가 풀썩 솟구치더니 다시 서서히 가라앉았다. 그녀는 치마에 내려앉은 자욱한 잿빛 먼지에 짜증이 났다. 그것을 털어내려다가 짙은 청색 아마포에 되레 뿌연 먼지를 문질러 바르는 꼴이 되었다. 돌이 뜨겁게 느껴졌다. 우뚝 선 동상처럼 햇빛을 받으며 분수대에서 오래 기다리자니 힘이 들었다. 그녀는 나무 그늘을 찾아들어 가 앉았다.

'걔는 분명히 안 올 거야. 또 꼭 와야 할 이유도 없잖아.

그 애는 나와 전혀 다른 여학생들을 얼마든지 사귈 수 있는데, 날씬하고 예쁜.' 그녀는 데이지꽃 하나를 꺾어 엄지와 검지 사이에 끼고 천천히 이리저리 돌려 보았다.

내가 기다리는 이유가 뭐지? 그 애가 오지 않을 걸 알면서도. 난 카롤라도 이전에 이렇게 기다린 적이 있어. 길모퉁이에 서 있었지, 거의 한 시간이나. 그런 다음 집으로 왔어. 그런데 그다음 날 카롤라는 깜짝 놀라며 완전히 까먹었다고만 말했어. 미안해, 에바, 집에서 갑자기 엄청난 소동이 벌어졌거든. 우리 숙모님이 오신 거야. 그래, 그 숙모님. 너도 알잖아.

그렇게 에바는 알았고, 이해했고, 고개를 끄덕였고, 미소를 지었다.

미헬은 아직도 나타나지 않았다. 당연했다. 그는 오지 않을 것이다. 한 시간이 지나면 에바는 실망해서 슬픈 마음으로 집으로 돌아갈 것이고, 침대에 드러누워 울 것이다. 그런 다음 찬물로 세수를 하고, 어쩌면 초콜릿 한 조각을 먹으며 미소를 지을 것이다.

아주 오래 전에도 그녀는 초콜릿을 입에 넣고 미소를 지은 적이 있었다. 그 일이 지금 머리에 떠오르자 우스운 느낌이 들었다. 그것은 에리카가 떠나가던 때의 일이었다. 에리카는 유치원 때부터 함께 다닌 친구였다. 그들이 2학년이 되었을 때 에리카의 부모는 이사를 가면서 그녀에게서 에리카를 앗아가 버렸다. 엄마는 에바를 팔에 안고 판 초콜릿을 하나 주었었다.

"이럴 땐 어떡해야 좋을까? 애가 이토록 예민해서야."

엄마가 슈미트후버에게 물었다. 슈미트후버는 고개를 끄덕이며 '그래, 맞아.' 하고 말했었다.

에바는 초콜릿을 먹었다. 초콜릿을 입에 넣고 살살 녹였는데, 미묘하고 은근한 단맛이 났다. 그 단맛을 삼키고 또 삼켰다. 그녀는 그 단맛을 눈물과 함께 삼켰고, 그러자 입과 배가 서서히 진정되면서 미소가 흘러나왔다. 슈미트후버가 말했다.

"거봐라, 마리안네. 맛있는 걸로 달래줄 수 없는 불행은 없다니까."

에바는 미소를 지었다. 그리고 에리카의 편지에는 한 번도 답장을 하지 않았다.

그녀는 조그만 데이지꽃에서 꽃잎 하나를 따냈다. ―그는 나를 사랑한다, 두 번째 꽃잎―진심으로, 세 번째 꽃잎―괴로워하며, 네 번째 꽃잎―약간만, 다섯 번째―전혀 아니다. 조그만 데이지꽃에서 훨씬 더 작은 꽃잎을 하나하나 떼어 내는 일은 쉽지가 않았다. 그래도 에바는 이미 꽃잎을 절반 이상 떼어 냈다. 그는 나를 사랑한다, 진심으로, 괴로워하며, 약간만, 전혀 아니다. 이제 그녀는 결과가 어떻게 나올지 알아보기 위해 눈대중으로 더듬어 보려 했다. 데이지꽃은 무척 엉성하고 너덜너덜해 보였다. 에바는 불쑥 화가 치밀어서 그것을 풀밭으로 휙 내던져 버렸다.

얼마나 오래 앉아 있었던 거야? 그녀는 시계를 차고 있지 않았다. 잔디밭은 메말라 푸석했다. 뿌리 부근까지 바짝 깎인 잔디는 거뭇하게 변해 있었고, 군데군데 조그만 데이지 꽃이 하나씩 보였다.

"안녕, 에바."

"안녕, 미헬."

"너무 늦었지?"

"그래."

"난 네가 어차피 바람맞힐 거라고 생각했어."

"내가, 어째서?"

"잘은 모르겠어. 그냥 그렇게 생각했어."

미헬은 어제와 똑같이 검은색 셔츠를 입고 있었다. 셔츠 자락은 그을린 배가 살짝 드러나도록 묶여 있었다. 그가 옆에 앉으며 물었다.

"수영 용품들은 어디 있어?"

"난 수영장에는 가고 싶지 않아."

"잘됐네. 나도 아직은 빈털터리라서."

그는 부루퉁해 있었고, 기분이 좋지 않아 보였다. 그녀가 물었다.

"무슨 일 있어?"

"무슨 일이 있겠어?"

그는 풀 줄기들을 뽑아내 조각조각 쥐어뜯었다. 빛이 바래고 먼지가 묻은 줄기들이었다. 그는 고개를 푹 숙이고 줄기들을 쥐어뜯고 있던 손가락을 바라보았다. 기다란 갈색 머리가 앞으로 늘어져 그의 얼굴을 덮고 있었다. 에바는 그의 코끝만 겨우 볼 수 있었다. 그녀가 하고 싶었던 그 모든 싱거운 우스갯소리들은 말문이 막혀 나오지 않았다. 그녀가 들려주고 싶었던 우스운 이야기들, 보여 주고 싶었던 웃음, 그 모든 것들이 목구멍에서 막혀 나오지 않고 커다란 덩어리가 되어 숨을 쉬기가 힘들었다. 사방은 너무나 조용했다. 그녀는 소리 죽여 깊이 숨을 들이쉬려고 애썼다. 해마처럼 숨을 헐떡이고 싶지 않았기 때문이다. 해마가 정말 숨을 헐떡이기는 하나?

이 애는 왜 아무 말도 없는 걸까? 나는 왜 아무 말도 않고 있지? 내가 기다렸던 게 이런 것이었나?

미헬이 별안간 벌떡 일어섰다.

"자, 우리 강으로 가 보자. 전철을 타면 아주 빨리 갈 수 있어."

7번 노선의 종점에 도착했다. 그들은 무임승차를 했다. 미헬은 돈이 없었고, 에바가 표를 끊어 주려는 것도 거절했다.

"그 귀한 돈이 아깝잖아. 그걸로 우리 콜라나 마시자."

그들은 교외의 주거 단지를 지나갔다. 집들은 별로 차이가 나지 않아서 똑같은 건물, 똑같은 정원, 똑같은 울타리들이 줄지어 늘어선 것처럼 보였다.

"여기서는 술 취한 주정뱅이가 집으로 돌아올 때 자기 집 문을 찾지 못해서 옆집 여자의 침실로 들어가게 생겼군."

미헬이 이 말을 하며 웃었다. 에바는 이해가 되지 않았지만 당황스러워서 따라 웃었다.

"너도 생각해 봐, 옆집 여자의 침실로 들어가다니! 아침이 되어서야 그는 자기 여편네와 잠을 잔 게 아니라는 사실을 깨닫겠지."

미헬의 웃음소리는 꾸며 낸 듯이 들렸다. 두 사람은 말없이 계속 걸었고, 잡초로 뒤덮인 공터를 지나갔다. '쓰레기 투기 금지'라는 푯말이 깨진 맥주병들, 기름에 전 정어리 통조림 깡통들 위에 세워져 있었다. 찌그러진 통조림통들과 오래된 고무장화 한 짝. 노란색이었다.

언덕을 따라 내려갈 때는 미헬이 앞장섰다. 그는 다리를 넓게 벌리고 왼팔을 쭉 뻗어서, 바닥이 매끄러운 샌들을 신어 확실히 디딜 곳을 찾지 못하는 에바를 붙들어 주었다. 그녀는 폭이 좁은 짙은 청색 치마를 입고 있어서 움직이기도 불편했다. 치마는 더 이상 짙은 청색으로 보이지 않았다. 또한 자신의 굼뜬 행동에 풀이 죽은 에바는 미헬 뒤에서 어색하게 언덕을 미끄러져 내려가고 있었다. 그렇게 해서 그들은 마침내 아래쪽 강가에 도달했다. 그것은 사실 강이라기보다 보잘것없는 개울로, 잡초들 사이로 얕은 물이 흐르는 정도였다. 한 곳에 딱총나무 덤불이 있었는데, 꽃자루에 달린 하얀 꽃들이 고약한 냄새를 풍기고 있었다. 힘들게 내려오느라 숨이 찬 에바는 요란하게 헐떡이는 소리를 내고 있었다. '마치 해마처럼. 이제는 나도 해마처럼 숨을 헐떡이네.'

미헬이 그녀를 주의 깊게 쳐다보았다.

"이곳이 마음에 드니?"

마음에 들다니? 이런 잡초밭이? 이처럼 보잘것없는 덤불들이 드문드문 나 있는 자갈 언덕이?

잠시 후에 에바가 말했다.

"금작화다. 난 금작화가 너무 좋아."

"난 이전에 이 부근에서 살았던 적이 있어. 형과 나는 가끔 이웃집 여자애를 이곳으로 끌고 오고는 했지."

그는 이 말을 하더니 얼굴이 붉어졌다.

"의사 놀이 하느라고."

미헬은 운동화를 벗고 청바지를 무릎까지 걷어 올렸다.

"어디, 물속에 좀 들어가 보자. 그리 깊지는 않아."

에바는 몸을 숙여 아래를 내려다보았다. 그녀의 치마는 완전히 지저분해져 있었다. 우리는 왜 공원의 카페로 가지 않았을까? 난 돈이 있었잖아. 아니면 녹지에서 산책을 할 수 있는 진짜 강으로 가거나.

물은 차가웠지만 그리 더럽지는 않았다.

"치마를 벗어, 그러면 더 쉽게 다닐 수 있어."

미헬이 말했다. 에바는 세차게 도리질을 하고 치마를 약간 당겨 올렸다. 그냥 무릎 약간 위로만.

"근처에는 아무도 없어. 괜찮아."

미헬이 소리쳤다. 그는 물가에 서서 청바지와 셔츠를 벗었다. 안에는 수영복을 입고 있었는데, 셔츠와 마찬가지로 검은색이었다.

'아무도 없다고? 근처에는 아무도 없다고?' 에바는 생각에 잠겼다. '저 애는 정말로 내가 이곳에서 팬티 바람으로 돌아다닐 거라고 믿는 걸까? 자기가 옆에 있는데도? 적어도 내가 검은색 수영복을 입고 있다면 몰라도! 하지만 분홍색 꽃무늬가 있는 흰색 팬티인데, 그럴 순 없어!'

미헬이 물가에 앉아 두 손으로 구덩이를 팠다.

"우린 예전에 늘 이렇게 하고는 했어. 봐! 이게 한바다가 되는 거야."

그가 손가락으로 물가에서 우묵한 구덩이로 물길을 냈다.

"그리고 여기 이곳은 강이야. 이 강이 이제 바다를 채울 거야."

에바는 그곳 물가에 흙을 쌓아 올렸다.

"그럼 이건 산이다."

그리고 풀들과 나뭇가지들을 꺾어 와 산에 꽂았다.

"나무들이야."

미헬이 웃었다. 그는 납작한 자갈들을 이용해 길을 만들기 시작했다. 산으로 오르는 구불구불한 길이었다.

"그리고 위에, 맨 꼭대기에는 집이 한 채 있어야 해. 그래야 저녁에 달이 바다 위로 떠오르는 걸 볼 수 있을 테니까. 그런 거 본 적 있니?"

"응. 2년 전에 이탈리아에 갔었어. 그라도에."

"난 방학 때 벌써 세 번이나 함부르크에 있는 삼촌 집에 갔었어. 삼촌은 내 대부야."

그들 두 사람 다 말이 없었다. 미헬은 돌멩이로 집까지 지었다.

'내 무릎이 호빵처럼 보이는군. 미헬의 다리는 멋진데. 정

말 멋진 갈색 다리야.'

미헬이 말을 꺼냈다.

"약간 그늘진 곳으로 들어가 보자."

쏘는 듯한 냄새가 나는 딱총나무 덤불 뒤편에 미헬이 자신의 셔츠를 겉면이 위로 향하도록 바닥에 펼쳤다.

"여기."

그들은 나란히 누웠다. 에바는 등을 대고 눕는 것을 좋아했다. 그러면 손으로 배를 쓰다듬을 때 골반뼈를 느낄 수 있었다. 누워 있는 자세에서는 거기에 비곗살이 거의 붙어 있지 않고, 피부가 뼈 위로 부드럽게 당겨졌다. 등을 바닥에 대고 누워 있을 때는 배도 납작했다.

미헬이 몸을 움직여 더 가까이 다가왔다. 그러더니 그녀의 가슴에 손을 올렸다.

"안 돼."

에바가 큰 소리로 말했다.

"그렇게 새침하게 굴지 말라고."

미헬의 목소리가 그 전과는 다르게 울려 나왔다.

"안 돼."

에바가 다시 한 번 말했다. 그녀는 일어나 앉아 치마를 무릎 위로 당겨 내렸다.

"멍청한 계집애."

미헬이 벌떡 일어나 이렇게 말하고는 물가로 달려갔다. 그는 완전히 드러누워 물속에 잠겼다가 요란하게 숨을 몰아쉬고는 또다시 잠겼다. 얼마 후에 그가 밖으로 나왔다.

"나 갈래."

에바는 치마에 묻은 것을 이리저리 털어 내고 먼지가 묻은 자국들을 지우려 해 보았다.

미헬은 몸이 젖은 채 그대로 청바지를 입었고, 셔츠에서 물을 털어 내고 그것을 허리에 둘러 묶었다. 언덕을 오르는 그들의 발걸음은 경사가 심해서 매우 느렸다. 미헬이 손을 뒤로 뻗어 에바의 손을 끌어 주었다. 언덕 위에 도착하자 그가 말했다.

"멍청한 계집애라는 말은 진심이 아니었어."

"그만, 됐어."

그들은 나란히 걸어갔다.

"이전에 남자 친구 사귄 적 있어?"

"아니."

"그렇구나."

"그럼 넌, 넌 여자 친구 사귄 적 있어?"

"응. 난 여학생들을 많이 알고 있지. 하지만 너 같은 애는 없어."

"네가 알고 있는 여학생들은 어떤 애들이야?"

미헬이 어깨를 슬쩍 들어 올려 보이더니 애매하게 말했다.

"그냥 달라."

얼마 후 그들은 손을 잡고 걸었고, 서로를 바라보며 웃었다. 7번 노선의 종점을 지난 지 이미 오래전이었다.

"자, 좀 달려가 보자."

미헬이 이렇게 말했지만 에바는 거절했다.

"난 달리기 잘 못해."

"살을 조금 **빼** 봐. 그러면 너도 잘 달릴 수 있어."

에바는 움찔했지만 손을 **빼내지는** 않았다.

"난 남자 형제가 네 명에다 여자 형제가 셋이나 있어."

"그러면 형제자매가 여덟이나 되잖아! 맙소사!"

"이 얘길 듣는 사람들은 다들 그렇게 말하지. 마치 무슨 범죄라도 되는 양 말이야."

"아니, 그런 게 아니야. 그렇지만 한 집에 애들이 그렇게 많은 경우는 별로 없잖아. 우리 집은 둘뿐이야, 남동생하고 나."

"여덟 남매는 별로 심한 것도 아니야. 우리 동네는 대부분 집집마다 애들이 진짜 많아. 심지어 열두 명이나 되는 집도 있다고. 우리 집에는 여섯밖에 없어. 누나는 결혼했고, 형은 군복무를 하고 있어. 그러니까 우리는 별로 많은 게 아니야. 단지 돈은 많지 않아. 그래서 난 용돈을 한 번도 받아 본 적이 없어."

"그래도 넌 괜찮은 거야?"

"당연히 아니지. 하지만 난 매주 목요일에 시의 광고 신문을 돌려. 형한테서 물려받은 일거리야. 군에 가 있는 형이 아니라 수습 1년차에 있는 프랑크 형한테서. 그 일로 난 매번 20마르크를 벌어. 내일이면 다시 돈이 생겨. 토요일에 나랑 영화 보러 갈래?"

"그래, 좋아."

"내일은 신문을 돌려야 해서 못 만나. 금요일에 시간 있어?"

에바는 고개를 가로저었다.

"금요일에는 피아노 레슨이 있어. 그것 말고도 난 집에서 청소를 도와야 해."

미헬이 싱긋 웃었다.

"우리 집에서도 금요일에 청소를 하지. 그래도 토요일이면 다시 엉망진창이 되어 버려."

시간이 많이 지나 있었다. 그들은 세 정거장을 더 걷고 나서 이번에는 표를 끊어 검표를 받고서 전철을 탔다. 전철 속에서 에바는 집에서 자신에게 돌아올 불호령을 떠올렸다. 그러자 마음이 불편해져서 몸을 이리저리 움직였다. 미헬이 물었다.

"너 오줌 마렵니?"

에바는 깜짝 놀라 주위를 둘러보고는 낮은 목소리로 말했다.

"아니야. 그렇지만 벌써 7시 반이 다 되어 가잖아. 집에 가면 꾸지람 들을 거야."

"열다섯인데 아직도? 우리 누난 열여섯에 결혼도 했는데."

"넌 우리 아빠를 몰라서 그래."

"하긴, 누나도 어쩔 수 없어서 한 거지만."

미헬이 말했다.

7

"에바냐?"

에바가 현관문을 열고 들어오자 엄마가 부엌에서 큰 소리로 물었다.

"네."

엄마가 물에 젖은 손을 앞치마에 닦으며 밖으로 나왔다.

"왜 이제 오는 거야? 도대체 지금까지 어딜 쏘다닌 거야? 우린 벌써 식사를 마쳤는데. 아빠가 화나셨어. 다들 6시 반에는 들어와 있어야 한다는 걸 알잖니."

"뭔가 호령할 게 있어야 하기 때문이겠죠."

"버르장머리 없기는."

에바는 어깨를 으쓱해 보이며 엄마의 말을 흘려들었다. 귀가 먹어 버려서 엄마의 잔소리를 더 이상 듣지 않게 된다면 좋으련만. 물에 젖은 자국이 난 하늘색 앞치마를 두른 엄마, 도자기의 파란색, 빛이 바랜 파란색 눈을 동그랗게 뜨고 나를 쳐다보는 엄마의 잔소리를. 미헬의 누나는 열여섯에 결혼도 했다지. 에바는 이렇게 말했다.

"난 더 이상 어린애가 아니에요."

그녀는 아빠에게도 같은 말을 했다. 아빠는 벌써부터 텔레비전 앞 안락의자에 푹 파묻혀 두 발을 의자 위에 올려놓고 있었고, 탁자에는 담배와 재떨이가 놓여 있었다.

"난 더 이상 어린애가 아니에요."

아빠는 그녀를 믿을 수 없다는 듯이 쳐다보았다.

"대체 어딜 갔었니?"

"강가로 산책 나갔어요."

"혼자서?"

에바는 잠시 망설이다가 말했다.

"여자 친구랑요."

"앞으로 7시에는 들어와야 한다, 알아들었냐?"

에바는 사과를 베어 물며 볼멘소리로 대답했다.

"네. 우리 반 애들은 아무 때나 집에 들어가도 된다는데."

"그럴 수도 있겠지. 그러나 우리 집은 달라. 난 네가 밤에 여기저기 나돌아 다니는 걸 원치 않아. 네가 이 집에서 지내고, 내가 책임을 지고 있는 한 넌 내 말을 들어야 해."

에바는 다시 사과를 깨물며 비어 있는 안락의자에 털썩 앉았다.

"텔레비전에서 지금 하는 프로 뭐예요?"

'내기 할까요……'라는 프로그램이었다.

에바는 자기 방으로 갔다. 이날 밤에는 오랫동안 잠들 수가 없었다. 공기가 무척 후텁지근했기 때문이다.

다음 날 오전 쉬는 시간에 에바는 프란치스카에게 말했다.

"어제 영어 시험 일은 미안해."

"그 정도야 뭐. 그걸로 내 성적이 엉망이 되지는 않아."

"너 때문에 그걸 전해 주지 않으려 했던 건 아니야."

"알고 있어."

"뭘 말이야?"

"카롤라가 말해 줬어. 레나가 자기 친구가 되는 바람에 네가 아직 질투하고 있을 거라고."

에바는 손가락이 욱신거리는 것을 느꼈다. 책을 그 정도로 세게 누르고 있었기 때문이다.

"걔가 뭐 그리 대단하다고 내가 지금껏 슬퍼하고 있겠어."

그녀는 책을 펼쳐서 읽기 시작했다. 프란치스카는 그녀 옆의 울타리 받침대에 계속 앉아 있었다.

"그때 많이 화났었니?"

내가 화가 났던가? 아니, 화가 나지는 않았어. 화가 났다는 건 맞는 말이 아니야. 난 실망했고, 감정이 상했고, 슬펐어. 그런 일이 일어났고, 그런 일이 하필이면 내게 일어났다는 사실, 나는 어느 날 갑자기 카롤라에 대해 좋은 감정을 품게 되었는데, 카롤라는 그런 감정이 더는 필요하지 않다는 사실 때문에 나는 서글픔과 놀라움을 느낀 거야. 아니, 난 화가 나지는 않았어. 나는 슬펐고, 그 느낌은 무척 쓰라렸지.

그러나 그것은 누구와도 상관없는 일이었고, 적어도 프란치스카와는 더더욱 상관없는 일이었다. 에바는 눈물이 핑 도는 것을 느끼고서 고개를 떨구었다. 하지만 프란치스카가 이미 그 모습을 보고 난 후였다. 프란치스카가 그녀의 어깨에 팔을 둘렀다. 에바는 그 팔을 떨쳐 버리고 싶은 마음이 굴뚝같았지만 차마 그러지 못했다. 그렇게 그들은 벨이 울릴 때까지 앉아 있었다.

밤에 침대에 누워 에바는 자신의 어깨를 감싸던 프란치스카의 팔, 자신의 팔을 쓰다듬던 손을 다시 떠올려 보았다. 그리고 자신의 가슴에 손을 올렸던 미헬도 생각했다. 그녀는 에리카와 카롤라를, 누구보다 카롤라를 생각했다. 그러자 다시 울음이 나왔다. 그녀는 크게 소리를 지르지 않기 위해 얼굴을 베개에 파묻고 입술을 깨물었다.

베개에 파묻고 있던 얼굴이 화끈거렸다. 그녀는 모로 돌아누워 베개의 시원한 부분이 더운 뺨에 닿도록 뒤집었다.

'너무 마음이 아파. 마음이 아픈 건 맞지만, 원래는 기뻐해야 하잖아. 난 미헬을 만났고, 프란치스카도 내 옆자리에 있으니까. 내가 왜 괴로워하는 거지? 그건 이미 오래전 일인데 나는 왜 그걸 잊을 수 없는 걸까?'

흐느낌이 서서히 잦아들더니 약해졌고, 배를 짓누르던

압박감도 줄어들었다. 그렇게 운 것이 이제는 오히려 위안이 된 것 같았다.

에바는 잠이 들었다.

그녀가 깨어났을 때는 자정이 훨씬 지나 있었다. 그녀는 침대 옆 작은 탁자 위의 스탠드를 켰다. 땀에 젖어 몸이 끈적거리고 매우 갑갑한 느낌이 들었다. 방 안은 아직도 무척 무더웠다. 당연했다. 창문을 열어 놓는 것을 잊어버렸기 때문이다. 그래서 방 안의 공기도 숨이 막힐 듯이 탁했던 것이다. 그녀는 조심해서 창문을 열었다. 창문은 언제나 빡빡해서 잘 열리지 않았다. 한밤중의 고요함 속에서 삐걱거리는 소리가 상당히 크게 울리자 그녀는 흠칫 놀랐다.

그녀는 숨을 깊이 들이쉬었다. 공기는 포근했고 별들은 하늘 높이 떠 있었다. 지붕들 너머로 벌써 아침노을의 뿌연 빛이 희미하게 스며들고 있었다.

'완전히 여름이야.' 하고 에바는 생각했다.

건너편 건물에 아직 불이 켜져 있었다. 2층, 그라버 노부부의 집이었다. 그들은 역시 제법 나이가 든 딸과 함께 살고 있었다. 딸은 거의 눈에 띄지 않았다. 아침에 그녀는 서둘러 직장에 나갔다가 다섯 시 무렵에 양손에 쇼핑 봉투를 들고 돌아왔다. 그라버 노부부는 날씨가 허락하는 한 항상 발코니에 앉아서 아래쪽 거리를 내려다보았다. 에바는 그들이 서로 대화를 거의 하지 않는 것을 늘 이상하게 여겼다. 그들은 거의 꼼짝도 않고 그곳에 앉아 아래를 멍하니 내려다보았다. 지난여름에는 그라버 노인이 뇌졸중으로 쓰러졌었다.

그는 파란 경광등을 번쩍이고 사이렌을 울리는 구급차에 실려 병원으로 이송되었다. 몇 주 동안이나 노부인 혼자 발코니에 앉아 있었다. 에바는 장을 보러 나갔다가 정육점 여주인이 굴라쉬*용 고기를 썰어 주기를 기다리는 동안 어떤 여자가 하는 말을 들었다.

"그라버 씨 부부는 그토록 착한 딸을 두었으니 행복하겠어요. 요즘 같은 세상에 그런 딸이 어디 있겠어요!"

미헬의 누나는 열여섯에 어쩔 수 없이 결혼을 해야 했지!

에바는 그라버 씨 가족들 중 누가 이 시간에 아직 깨어 있을지 곰곰이 생각해 보았다. 그 '착한 딸'일까? 아니면 그라버 노인이 다시 건강이 안 좋은가? 그 순간 불이 꺼졌다. 아마 한 사람이 화장실에 다녀왔거나 간단히 무언가를 챙겨 먹은 것 같았다.

에바는 배가 몹시 고팠다. 그래서 살금살금 부엌으로 갔다. 그녀가 막 자리에 느긋하게 앉아 요구르트를 떠먹는 순간 뒤편의 부엌문이 열렸다. 그녀는 화들짝 놀라 돌아보았다. 엄마였다. 엄마는 약간 부은 얼굴로 환한 불빛에 눈을 깜빡이며 서 있었다. 잠시 후 손등으로 눈을 문지르며 말했다.

"네 소리가 나더구나. 나도 잠이 안 오던 터라 함께 차나 한 잔 마실까 해서 나왔어."

---

* 고기와 야채, 향신료를 넣고 끓인 헝가리식 스튜.

에바가 고개를 끄덕였다. 엄마는 찻주전자에 물을 가득 받아 전기레인지 열판에 올려놓았다.

"배고프니? 달걀 프라이 해 줄까?"

"네, 부탁해요."

엄마는 빠르고 능숙하게 요리를 했다. '밤에는 엄마가 정말 달라 보이네. 저런 모습이 훨씬 더 마음에 들어.' 에바는 곰곰이 생각했다.

얼마 후에 달걀 프라이가 담긴 접시가 그녀 앞에 놓였다. 하얀 흰자위에 감싸인 노른자위는 거의 오렌지색을 띠었다. 엄마는 항상 그 위에 빨간 파프리카를 약간 뿌렸는데, 이렇게 말하고는 했다. '보기 좋으라고. 보기 좋은 떡이 먹기도 좋잖아.' 바삭바삭한 가장자리 주위에는 액체로 변한 누르스름한 버터가 흐르고 있었다.

"자, 에바, 식빵도 한 조각 먹어라."

에바는 먹기 시작했다. 엄마는 찻주전자와 찻잔 두 개도 식탁 위에 올려놓았다. 에바는 막 계란 프라이를 떠서 입으로 가져가려던 포크 너머로 엄마를 향해 미소를 보냈다. 엄마도 보일 듯 말 듯 미소를 지었다. 그들 두 사람은 앉은 자리에서 서로를 마주 보았다. 바로 그때 문이 열렸다. 에바가 뒤를 돌아보았다. 아빠가 서 있었다. 머리카락은 헝클어지고, 잠옷 상의는 단추가 완전히 채워져 있지 않아 털이 난 가슴 한 편이 드러나 있었다. 에바는 재빨리 다시 등을 돌렸다.

"여기서 다들 뭘 하고 있는 거야?"

"잠이 안 와서요."

엄마가 아빠 쪽을 무표정한 얼굴로 쳐다보며 말했다.

"알았어. 하지만 얼른 건너와서 자라고."

아빠가 이렇게 중얼거리며 말하고는 탁 소리를 내며 문을 닫았다.

에바는 잠시 기다렸다가 말했다.

"전 어떤 남학생과 강가에 갔어요."

"나도 그럴 줄 알았다. 네가 그렇게 오래 나가 있었던 적이 없었으니까. 괜찮은 남자애니?"

"네, 아주 좋은 애에요."

"아빠는 내가 너와 얘기를 나누길 바라서. 남자들을 조심하라고 주의를 줘야 한다면서."

"성교육은 더 이상 시키실 필요 없어요. 저도 다 알아요."

엄마는 얼굴이 빨개졌다.

"내 말은 그런 뜻이 아니야. 그러나 남자애들은 때로는 치근대기도 하고, 또 남들이 뭐라고 할지 신경 쓰는 여자애라면……."

"엄마, 어떻게 처신해야 하는지는 저도 알아요."

"그야 뭐."

엄마는 이 말을 하며 한숨을 내쉬었다.

"나도 아빠에게 누구나 스스로 경험을 해 봐야 한다고 말했어. 나도 옛날에 엄마 말을 안 들었다고, 그렇게 말했지."

에바는 웃음이 나왔다.

"엄만 지치신 거 같아요. 벌써 할머니처럼 말씀하시는 걸 보니.”

“이건 중요한 문제야, 내 말 믿어. 나도 모든 게 지금 같을 거라고 생각하지는 않았으니까.”

엄마는 갑갑해하는 것 같았다.

“일자리를 구하시든가, 아니면 이 집에서 벗어나도록 뭐라도 해 보세요. 슈미트후버 아줌마만 찾아가시지 말고요.”

“그러면 이 집 살림은? 네 아빠가 어떤지는 너도 알잖아.”

“아빠는 엄마가 모든 게 마음에 드는 것처럼 그냥 넘어가시니까 그러시는 것뿐이에요.”

엄마는 대답하지 않았다. 찻잔이 다 비자 엄마는 식탁을 치웠다. 에바도 자리에서 일어났다. 엄마가 그녀를 안아 주었다.

“안녕, 내 딸, 잘 자거라!”

에바는 엄마의 품을 파고들었다. 엄마는 그러는 그녀의 등과 머리를 쓰다듬어 주었다.

“안녕히 주무세요, 엄마.”

8

에바는 욕실의 거울 앞에 서 있었다. 다행히도 집 안 전체에는 침실 옷장 문 안쪽에 달린 거울 말고는 커다란 거울이 없었다. 에바는 거울에 가까이 다가갔다. 코가 유리에 닿을 정도로 바짝 다가갔다. 그리고 자신의 눈을 들여다보았다. 그녀의 눈은 회녹색이었다. 가장자리가 진회색으로 둘러싸인 눈동자는 방사선 모양의 녹색 결 무늬를 이루고 있었다. 머리가 어지러웠다. 그녀는 한 발 뒤로 물러나 다시 치약통과 빨강, 파랑, 녹색, 노랑 칫솔들에 둘러싸인 자신의 얼굴을 바라보았다. 엄마의 립스틱도 그곳에 있었다. 에바는 립스틱으로 거울 속의 얼굴 주위에 커다란 하트 모양을 그렸다. 그녀는 웃음을 띠며 그토록 낯설고도 친숙한 얼굴 쪽으로 몸을 숙였다.

"넌 전혀 못생기지 않았어."

그녀가 이렇게 말하자 거울 속의 얼굴이 미소를 지었다.

"넌 에바야."

이 말에 거울 속의 얼굴이 키스하는 입 모양을 지었다. 코가 약간 긴 편이기는 했다.

"에바의 코는 그렇게 생겼어."

그녀는 말총머리를 풀어 헤쳐 머리카락을 어깨 위로 늘어뜨렸다. 머리카락은 길고 구불거렸는데 곱슬머리에 가까웠다. 그녀는 빗으로 가운데 가르마를 타고 머리카락을 빗질해 앞으로 더 당겨 내렸다. 이렇게 하는 게 맞아. 미헬이 좋아할까? 그녀는 입술을 약간 앞으로 내밀어 아주 살짝 벌리고 눈꺼풀을 내리깔았다. 그렇게 하자 잡지에 나오는 여배우처럼 꽤나 관능적으로 보였다. 그녀는 립스틱으로 입술을 칠했다. 립스틱을 천천히 아주 조심해서 칠하고 나서 휴지 한 장을 입술 사이에 물고 꼭 눌렀다. 엄마가 하듯이 그렇게.

그때 문을 노크하는 소리가 났다.

"안에 누구야?"

베르톨트의 목소리였다.

"나야."

"빨리 해. 나 급하단 말이야."

에바는 두루마리 휴지 몇 장을 찢어 거울의 하트 모양을 지웠다. 그런 다음에야 문을 열어 주었다.

"누나 꼴이 그게 뭐야?"

베르톨트가 물었다.

에바는 동생이 아빠처럼 말한다는 것을 처음으로 알아차
렸다.

"마음에 안 들어?"

"그래. 서커스단의 말처럼 보여."

에바는 웃었다.

"난 마음에 드는데. 아주 마음에 들어."

"두고 봐. 아빠가 그걸 보고 뭐라 하실지."

그러나 아빠는 그녀를 보지 못했다. 아직 자고 있었다.
아빠는 토요일 오후가 되면 잠깐 눈을 붙이곤 했는데, 거의
언제나 스포츠 중계 시간까지 이어졌다.

"엄마는 마음에 들어요?"

엄마는 망설였다.

"전혀 달라 보이는데, 살짝 야한 것 같다."

에바는 파란색 비옷을 챙겼다. 그녀는 날씨가 나쁜 것을
다행으로 여겼다. 비옷을 입으면 그렇게 뚱뚱해 보이지 않
기 때문이었다.

"저, 나가요, 엄마."

"재미있게 놀다 와. 10시까지 오는 거 명심하고."

"네, 네."

에바는 등 뒤로 문을 살그머니 당겨 닫았다. 아빠는 자고
있었다.

미헬은 그녀를 제법 놀란 눈초리로 쳐다보았다.

"멋진데."

그 후 그들은 카페에 앉아서 콜라를 마셨다. 에바는 사실 콜라를 별로 좋아하지 않았다. 미헬이 그녀에게 물어보지도 않고 주문했던 것이다.

　"토요일에 난 언제나 청소년 회관에서 보내."

　미헬이 말했다. 그는 흰색 셔츠를 걸쳤는데 거의 배꼽까지 단추가 열려 있었고, 거기에다 짙은 파란색 코르덴 재킷을 입고 있었다. 매우 깔끔해 보였다.

　"너희들은 거기 청소년 회관에서 뭐하는데?"

　"뭐든지 다 해. 토요일에는 대개 춤을 춰. 남자애들 몇 명이서 정말 멋진 음악을 연주한다고."

　미헬은 매우 의기양양해 보였다.

　"그들 중 한 녀석은 내 친구야. 걔는 전자 기타를 연주하지."

　"안녕, 에바."

　누군가가 그녀의 이름을 불렀다. 그녀가 고개를 들고 쳐다보자 앞에 티네가 서 있었다.

　"안녕."

　티네는 미헬을 호기심에 차서 쳐다보았다. 그녀는 무작정 멈춰 서서 미헬을 쳐다보고 있었다. 옆에서는 굼뜨고, 호리호리하고, 금발을 길게 기른 남학생이 그녀의 어깨에 팔을 두르고 계속 가자고 보채고 있었다.

　"제발 가자고. 난 목말라."

　"네 남자 친구야?"

　티네가 물었다. 그러나 이 말을 하면서 에바 쪽을 쳐다보지는 않았다.

"네가 반대하지 않는다면, 그래."

미헬이 대신 대답했다.

"또 보자."

티네는 이렇게 외치고는 긴 머리의 남학생에게 이끌려 카페 안쪽으로 사라졌다.

"그 애가 널 쳐다보는 꼴이라니."

"걔는 누구야?"

"같은 반 애야."

"나랑 같이 있는 게 거북하지 않아?"

에바는 어리둥절해졌다.

"어째서 그렇다는 거야?"

"그야 뭐, 난 겨우 실업계 학교에 다닐 뿐이고, 또 특별한 구석도 없으니까."

'특별한 구석이 없다고? 실업계 학교는 사람들 눈에 보이지 않지만, 내 뚱뚱한 엉덩이는 누구나 볼 수 있지.'

그녀가 소리 내어 말했다.

"그걸 너무 심각하게 생각하지 마. 누가 어떤 학교에 다니는지는 전혀 중요하지 않아. 그게 그 사람이 얼마나 똑똑한지 알려 주는 건 아니니까."

"말이야 그렇게 하지. 난 아직 한 번도 김나지움 여학생과 다녀 본 적이 없어. 좀 우스운 일이지만 말이야."

"나에게 뭔가 다른 점이라도 있어?"

"많아."

"그게 뭔데……?"

"나도 모르겠어. 아마 많을 거야."

에바는 이렇게 물어보고 싶었다. '내가 더 나아?' 그녀는 미헬이 다른 여학생들과 무슨 짓을 하는지 정확히 알고 싶었다. 그가 그 애들과도 '강가'에 갔는지. 그러나 질문들은 가슴속에 남겨 두었다. 그가 대답할지도 모를 어떤 것에 대한 두려움 때문에, 그녀가 입을 열기도 전에 생각하고 미리 속으로 해 본 말들이 목구멍 속으로 도로 밀려들어 갔다.

두 사람은 다시 조용해졌다. 그래서 에바는 다시 생각했다. '이것이 내가 상상해 왔던 것, 내가 그토록 자주 생각해 보았던 것일까?' 또 이런 생각도 했다. '남녀 사이는 이런 것이어서, 실제로는 서로가 하고 싶은 말이 너무나 많지만 무슨 말을 해야 좋을지 모르는 모양이야.'

그들은 콜라를 한 잔 더 시켰다.

나중에 영화관에서 미헬은 에바의 손을 잡았다. 그의 손은 약간 거칠고 말라서 카롤라의 손과는 전혀 달랐다.

카우보이가 말을 타고 드넓은 평원을 가로질러 달렸다. 초대형 화면에는 붉은 저녁노을이 천연색으로 비치고 있었다. 카우보이가 그 한가운데로 달려가고 있었고, 미헬은 그녀의 손을 어루만졌다. 에바는 아주 조용히 있었다. 숨도 제대로 쉬지 못할 정도였다.

미헬이 그녀를 집까지 바래다주었다. 정확히 10시에 그녀는 현관문을 열었다.

"에바니?"

엄마가 거실에서 밖으로 소리쳤다.

"네, 저예요."

거실에서는 뉴스 앵커의 목소리가 들려왔다.

"오늘 발생한 안개로 바이에른 주의 도로에서만 최소한 여덟 명이 사망했습니다."

맞아, 오늘 아침에 안개가 끼었었지.

에바는 욕실로 들어가 뒤편의 문을 잠갔다. 그녀는 두 손으로 차가운 세면대를 짚고 거울을 들여다보았다. 무엇보다 먼저 입을 살펴보았다. 입술에 칠한 립스틱은 별로 남아 있지 않았다. 입언저리에 희미한 흔적만 조금 남아 있었다. 평소와 다름없어 보였다. 그녀는 그가 자신의 얼굴에 아무런 흔적도 남겨 놓지 않은 것이 이상했다. 그가. 미헬이 말이다.

그녀는 손에 든 칫솔에 치약을 눌러 짜다가 멈칫하더니 치약을 다시 씻어 냈다. 오늘은 아니야. 난 그 기억을 씻어 내고 싶지 않아.

그 후에 그녀는 머리를 다시 묶고 잠자리에 들었다. 엄마가 호기심을 참지 못하고 무언가 공모하듯이 문을 살며시 열고 들어와 물었다.

"그래, 어땠어?"

"좋았어요."

에바가 대답했다.

"그런데 지금은 피곤해요. 나 잘래요."

에바는 계단을 따라 올라갔다. 계단에는 엄청나게 많은 발판이 있었다. 위쪽에 미헬이 서서 그녀를 내려다보고 있었다. 아니면 카롤라였나? 카롤라의 몸과 미헬의 얼굴이 결합된 것인가? 그녀가 발을 질질 끌며 더 가까이 다가가자 카롤라-미헬은 만화경 속의 모습처럼 수많은 조각들로 무너져 내렸다. 에바는 눈을 질끈 감았다. 그리고 두 손과 두 발을 이용해 계속해서 계단을 따라 기어올랐다. 마침내 그녀는 용기를 내 다시 눈을 떴다. 위쪽에 미헬이 서 있었다. 지금은 훨씬 더 위에서 그녀에게 등을 돌리고 있었다. '미헬.' 하고 그녀가 불렀다. '미헬!' 그가 몸을 돌렸다. '오지마.' 하고 그가 전혀 낯선 목소리로 말했다. '돌아가, 안 그러면 널 찔러 죽여 버릴 거야.' 그제야 에바는 그가 손에 기병대 칼을 들고 있는 것을 보았다. 그가 칼을 서서히 치켜들자 칼날이 번쩍거렸다. 에바는 비명을 지르며 몸을 돌려 계단을 달려 내려가려고 했다. 그러나 그녀 앞에는 구멍, 아가리를 벌리고 있는 무시무시하고 끝이 없는 구멍뿐이었다. '구멍은 없어. 계단이 별안간 사라질 리가 없잖아.' 그때 그녀는 구멍 속으로 떨어졌다. 그것은 끝없는 추락이었다. 두려움으로 숨이 막혀 비명을 질러도 소리가 나오지 않았다. 머릿속에서 피가 요동쳤다. '이제, 이제는 떨어져 부딪혀서 죽는 거구나. 이제, 이제⋯⋯.' 바로 그 순간 그녀는 잠에서 깨어났고, 자신이 침대에 누워 있다는 것을 깨달았다. 그녀는 안도의 울음을 터뜨렸다.

냉장고에는 아직 푸딩 한 접시가 있었다. 초콜릿 푸딩
이……

9

일요일이었다. 대개는 비나 햇빛, 눈이나 바람으로만 구분되고, 가끔은 영화 관람으로도 구분되지만 늘 똑같은 일요일. 에바는 이런 일요일을 싫어했다. 그녀는 일요일이 평일보다 훨씬 더 싫었다. 평일에는 적어도 어떤 기대는 해 볼수 있었다. 무슨 일이 일어날 거라든가, 누군가와 이야기를나누게 될 거라든가, 혹은 프란치스카가 자신의 팔에 손을올리고 무슨 이야기를 들려줄 거라는 기대. 일요일, 그것은지루함을 달래기 위해 바이에른 제3방송의 따분한 음악에맞서 영어 단어를 외우고, 트림 나는 일요일의 평온함에 맞서 수학 방정식을 푸는 것을 의미했다.

아침 식사 때 가족들은 식탁에 둘러앉아 있었다. 식탁에는 김이 나는 커피포트와 일요일이면 먹는 케이크가 올라와있었다. 엄마는 나일론 재질의 꽃무늬가 놓인 아침 가운을 입고 있었다. 가운에는 분홍색 바탕에 검붉은 조그만 장미들이 그려져 있었다. 아빠는 아직 면도도 하지 않은 채 파란색과 흰색 줄무늬가 든 잠옷 위에 짙푸른 목욕 가운을 걸치고 있었다.

"엄마가 이번에도 맛있는 케이크를 만들어 주셨구나."

아빠가 이렇게 말하자 엄마는 자신의 접시를 쳐다보며 대답했다.

"케이크가 약간 타 버렸어요. 오븐을 5분 일찍 꼈어야 하는 건데."

또 엄마는 이렇게 말할 때도 있었다.

"속에 채워 넣은 치즈가 약간 질척하군요. 오븐의 아래쪽 열판이 이제는 제대로 작동하지 않는 것 같아요."

"웬걸, 여보. 이 케이크는 정말 맛있어. 그렇지 않냐, 애들아?"

에바와 베르톨트는 케이크를 꾸역꾸역 퍼먹으며 '굉장히 맛있어요.' 하고 중얼거렸다. 일요일마다 늘 똑같았다.

11시 반에는 온 가족이 할머니 댁에서 점심 식사를 하기 위해 출발했다. 엄마는 슈미트후버에게 이렇게 말하고는 했다.

"우리는 가정생활을 소중히 여겨. 내가 늘 말하지만, 애들에게 돈독한 가정생활보다 중요한 건 없어. 거기에는 우리가 일요일마다 시부모님 댁에 가서 점심 식사를 하는 것도 포함되지."

그러면 슈미트후버는 고개를 끄덕이며 모든 가정이 그렇

게 바람직하게 살아간다면 청소년 범죄도 줄어들 것이라고
말했다. 에바는 크게 소리라도 지르고 싶은 마음을 겨우 진
정시켰다.

모두가 단정하게 옷을 차려입고 머리도 빗었다. 손톱 검
사. 에바의 손톱은 늘 매우 짧게 깎여 있었다. 물어뜯어 너
덜너덜해진 가장자리를 다시 말끔하게 정돈하기 위해서는
완전히 바짝 깎아야만 했기 때문이다.

베르톨트는 기분이 상해서 투덜거리다가, 출발할 때쯤
일찌거니 따귀도 한 대 맞았다. 일요일인데도 말이다. 그는
차라리 건너편 공원에서 친구들과 축구를 하고 싶어 했고,
그러다 보니 자신의 소망을 묵묵히 억누르기가 힘들었기 때
문이다. 엄마가 말했다.

"이런 여보, 일요일에는 제발 그러지 말라니까요!"

"하지만 녀석이 맞을 짓을 하니깐 그러지!"

그들은 날씨가 좋을 때는 걸어서 갔고, 비가 올 때만 자
동차를 탔다.

"일주일 내내 사무실에서 근무한 후에는 이렇게 걷는 것
이 좋아."

이렇게 말하며 아빠는 어깨를 쭉 폈다. 그리고 나서 체격
이 당당한 남자답게 탄력 있는 걸음으로 일요일의 한산한
거리를 지나갔다. 건너편 공원에서 소년들이 고함치는 소리
가 들려왔다.

"골인!"

베르톨트가 고개를 옆으로 돌렸다. 뺨에는 아직도 따귀

를 맞은 자국이 불그스름하게 보였다.

에바는 가족들 맨 뒤에서 터벅터벅 걸었다. 그녀는 할머니 댁에 가는 것을 좋아하지 않았다. 할머니 댁에 가는 것이 즐거웠던 적은 한 번도 없었다.

그녀는 아직도 할머니 댁에서 지냈던 당시의 일을 정확히 기억하고 있었다. 그때 엄마는 병원에 입원해 있었다. '에바, 여기로. 에바, 저기로.' 하는 말과 더불어 곳곳에서 세척제 냄새가 났다.

"정리를 해야지, 에바. 착한 애는 접시를 말끔히 비운단다. 착한 애는 장난감도 잘 치운단다. 할머니에게 뽀뽀를 해 줘야 착한 아이지."

에바는 오직 아빠가 오기만을 기다렸다.

베르톨트가 태어났을 때 그녀는 이미 다섯 살이었다. 그녀는 아빠의 기뻐하던 표정을, 흥분해서 외치던 목소리를 기억하고 있었다.

"아 세상에, 아들이에요! 정말로 사내아이라고요."

그때의 아빠의 웃음은 여태껏 에바에게 보여 주었던 것과는 전혀 달랐다. 그녀는 아빠에게 다가가 팔에 안기려 했고, 온종일 아빠가 오기만을 기다렸었다. 아빠가 자신을 안아 무릎 위에 올려 주고, 간질여 주기를 기다렸다. 깔깔거리며 웃다가 배가 굳어져서 거의 아파 올 때까지, 딱 그 정도만 간질여 주기를 기다렸다. 기쁨과 아픔 사이에 놓인 그 좁다란 가장자리의 즐거움을 기다렸다.

그러다가 드디어 아빠가 왔지만, 아빠는 그녀를 쳐다보

지 않았다. 다만 이렇게 말했을 뿐이다.

"아들이에요. 그래요, 진짜 사내아이라고요."

에바는 한 걸음 더 다가가 아빠를 향해 팔을 뻗었다. 아빠는 그녀가 다가온 것을 알아차리지도 못했다.

"그리고 얼마나 대단한 녀석인지, 몸무게가 4킬로그램이나 나가요."

할머니는 두 손을 마주 두드리며 말했다. '그래그래, 드디어 사내아이가 태어났구나.' 그리고 부엌 찬장으로 가서 당시에 아직 에바의 손이 닿지 않던 위쪽 유리문을 열고서 몸을 앞으로 뻗어 병을 하나 꺼냈다. 할머니의 치마가 높이 밀려 올라가 그녀의 무릎 위쪽에 긴 양말이 말려 있는 것이 보였다. 할머니는 항상 긴 양말을 무릎 위쪽에서 둘둘 말아 고무 밴드로 흘러내리지 않게 했다. 갈색 모직 양말 위쪽의 할머니 다리는 매우 하얬다. 그곳의 피부는 마치 효모 반죽처럼 보였다. 희고 깨끗한 천으로 덮어 놓은 대접 안에서 구멍이 숭숭 난 채 부풀어 오른 반죽 같았다.

두 사람은 식탁에 마주 앉았다. 아빠는 조그만 술잔으로 술을 몇 잔이나 마셨고, 그럴 때마다 할머니가 빈 잔을 채워 주었다. 아빠는 얼굴이 불콰해져서 웃으며 '네, 사내애예요.' 하고 말했다. 그러자 할머니가 '네가 태어났을 때, 그때도 말할 수 없이 기뻤단다. 넌 상상도 할 수 없을 정도였어.' 하고 말했다. 그러면서 아빠의 손을 가볍게 두드렸다.

에바는 그 곁에 서서 흰색과 파란색 체크무늬가 든 식탁보를 멍하니 바라보았다. 에바는 마름모 눈을 세어 보기 시작했다. 당시에는 열까지 셀 수 있었다. 흰색 마름모 한 곳에 녹색 얼룩이 번져 있었는데, 점심 식사 때 시금치가 흘러서 묻은 것이었다. '시금치를 먹어야 건강해진단다.' 하고 할머니는 말했다. 에바는 시금치를 좋아하지 않았다.

"그 애 이름은 베르톨트라고 지어야겠어요."

에바는 아주 조용히 침실로 건너가 할머니의 침대에 드러누워 커다랗고 하얀 이불을 몸 위로 끌어당겼다. 흰 바탕에 자수로 EM이라는 머리글자가 새겨져 있었다. E는 할머니의 이름이 엘프리데였기 때문이고, M은 할아버지와 결혼하기 전에 성이 뮐러였기 때문이었다.

에바는 기계적으로 한 발 한 발 내딛고 있었다. 그녀는 산책하는 것을 좋아하지 않았다. 반시간이 지나자 아빠는 재촉하기 시작했다.

"자자, 얘들아, 좀 더 빨리 걷자! 우리가 할머니를 기다리시게 해서는 안 되지."

에바는 벌써부터 땀에 흥건히 젖은 얼굴을 휴대용 티슈로 닦아 냈다. 마침내 그들은 오래된 주택 단지에 도착했다. 할머니와 할아버지는 도로와 떨어진 뒤쪽 건물 2층에 살고 있었다. 에바는 이 우중충한 연립 주택을 좋아하지 않았다. 한 번도 좋아한 적이 없었다. 집 안은 온통 가구들로 가득 차 있고, 벽에는 곳곳에 사진들이 걸려 있었다.

"이건 너의 고모 아델하이트란다. 미국으로 이민을 갔지. 남편은 이곳 독일에서 만났어. 그는 이곳에서 군인으로 주

둔하고 있었는데, 좋은 남자였단다. 봐라, 애들이 세 명이나 있어.”

에바는 그 사진을 들여다보았다. 알록달록 장식을 한 크리스마스트리 아래에 옹골찬 여인이 서 있고, 남편과 아이들은 그녀 옆에 서 있었다.

“그 애는 매달 편지를 보낸단다. 한 달도 거르지 않고.”

할머니는 앞치마 자락으로 눈물을 훔쳤다.

“네, 알아요, 어머니. 이제 그만하세요.”

아빠가 팔로 할머니의 어깨를 감쌌다.

“아이쿠 이런, 거위 요리.”

이렇게 외치며 할머니는 부엌으로 뒤뚱뒤뚱 걸어갔다.

‘이 더위에 거위 요리라니.’ 하고 에바는 생각했다. 그녀는 장식장 곁에 붙어 서서 테두리가 가는 금색으로 된 액자들에 끼워져 진열된 아빠의 사진들을 살펴보았다. 입학식 때의 아빠는 좀 통통한 소년으로, 짙은 색 스웨터를 입고 축하 선물 봉지를 끌어안고 있었다. 첫 영성체 때의 아빠는 흰 와이셔츠에 검은 양복을 입고 촛불을 들고 있었는데, 매우 진지하고 엄숙한 모습이었다. 졸업식 때의 아빠, 동료들에 둘러싸인 군 복무 시절의 아빠, 아빠도 늘 뚱뚱한 모습이었다.

“에바, 부엌으로 오너라. 함께 식사해야지.”

할아버지의 목소리였다. 할아버지는 그녀를 감싸 안고 입술에 뽀뽀를 했다. 에바는 할아버지의 듬성듬성해진 흰 머리를 어루만졌다.

"할아버지, 어떻게 지내세요?"

할아버지는 나이가 많았고, 할머니보다 훨씬 더 많았다.

"그럭저럭 지낸단다, 애야. 사람이 나이가 들면 모든 게 달라진단다. 그럴 땐 겸손해지지. 어느 정도 건강만 유지해도 신에게 감사드리지 않을 수 없지."

큼직한 거위는 잘 익은 갈색이었고, 기름이 줄줄 흘러내려 금빛 방울을 이루며 소스 위에 둥둥 떠 있었다. 할머니는 식탁 곁에 서서 접시를 들고 거위 다리 한 조각과 경단 두 개를 올렸다. 그런 다음 조그만 국자로 기름방울이 떠 있는 소스를 끼얹었고, 아직 남은 빈틈은 붉은 양배추 요리로 채웠다.

"고마워요, 어머니."

할머니가 접시를 앞에 놓아 주자 아빠가 말했다. 언제나 아빠가 가장 먼저 음식을 받았다.

"고맙소, 할멈."

"감사해요."

엄마의 말에 할머니가 환하게 웃었다.

이미 포크를 손에 들고 있던 베르톨트는 할머니가 접시를 건네주자마자 곧장 먹기 시작했다.

"맛있게 먹어라, 에바."

에바는 목구멍이 살짝 조여 오는 것을 느끼고 얼른 사과 주스를 한 모금 마셨다.

할머니는 고기를 아주 작은 조각으로 잘랐다.

"알다시피, 내 이가 시원찮아서!"

할머니는 음식을 먹으며 짭짭 소리를 냈다.

"아델하이트가 아들이 고등학교를 졸업했는데 성적이 아주 우수하다고 편지로 알려 왔더구나. 그 애는 대학에 갈 거래."

"에바도 학교 성적이 점점 더 좋아지고 있어요. 우리도 그 낙에 살죠."

에바는 아빠의 말에 짜증이 났다.

"그래, 에바도 우수한 학생이지."

할머니가 입안에 음식을 가득 넣은 채 말했다. 에바는 할머니의 이 사이로 경단과 붉은 양배추가 뒤범벅된 것을 볼 수 있었다.

아빠가 말을 받았다.

"다만, 베르톨트 녀석이 문제예요. 애가 게을러서요. 머리가 모자라지는 않는데 게을러터졌어요."

베르톨트는 얼굴이 빨개졌다. 입안에 가득 든 음식을 필사적으로 씹다 보니 그는 속이 메스꺼워졌다. 토하기 직전에 재빨리 손으로 입을 가렸다. 에바는 아빠를 살펴보았다. 아빠는 침울한 얼굴로, 엄마가 어쩔 줄 몰라 하며 베르톨트의 등을 두드리는 모습을 지켜보았다.

"뭘 좀 마셔라."

아빠의 말에 베르톨트는 순순히 사과 주스가 든 잔 쪽으로 손을 뻗었다. 손에는 주근깨 같은 갈색 소스 자국들이 얼룩져 있었다. 그는 주스를 꿀꺽꿀꺽 마셨다.

"집사람이 애를 저렇게 오냐오냐 키우지 않았더라면."

아빠가 이렇게 말하자 할머니가 대꾸했다.

"그래그래, 애들을 때로는 엄하게 가르칠 필요도 있지."

엄마는 한마디도 하지 않았다. 아빠가 하던 말을 이었다.

"하지만 에바는 우리를 무척 기쁘게 해 준답니다. 저 애는 성적도 늘 좋아요."

"그래그래, 에바는 훌륭한 아이지. 너도 늘 훌륭한 아이였단다, 프리츠."

이 말을 하며 할머니는 경단 하나를 입으로 밀어 넣었다.

에바는 자신의 접시를 다 비웠다.

식사가 끝나자 엄마는 그릇을 씻었고, 에바는 그릇의 물기를 닦아 냈다.

"그럴 필요 없대도 그러는구나, 얘야."

할머니는 일요일마다 이렇게 말했다. 그럴 때마다 엄마는 이렇게 대답했다.

"하지만 전 이 일이 좋아요, 어머님. 어머님은 늘 이렇게 맛있는 음식을 해 주시잖아요."

에바는 너무 많이 먹어 속이 불편했다.

식사 후에 커피를 마실 때, 그들은 이미 집에 와 있었다. 이번에도 굉장히 맛있다는 그 케이크가 나왔다.

"아델하이트네 아들은 대학에 간다는군."

아빠가 분통을 터뜨리며 말했다.

"그런데 내 아들은 뭐야? 이 녀석은 김나지움에도 못 가게 생겼으니."

"애를 그렇게 들볶지 좀 말아요."

엄마의 대꾸에 아빠의 얼굴이 험악해졌다.

"당신은 이 문제에 끼어들지 마! 저 애가 왜 이번 시험에 통과 못했는지 알아? 바로 계산을 못했기 때문이라고! 저런 녀석을 아들이라고 두고 있다니!"

에바는 소리 내어 웃지 않기 위해 이를 악물고 참았다. '아마 베르톨트가 남의 자식이었다면 속이 후련하시겠지.' 물론 그녀는 대놓고 이 말을 할 수는 없었다. 그녀의 아빠는 회계원이었고, 자신이 아주 빠르고 정확하게 계산을 할 수 있다는 자신감이 대단했다. 아빠에게는 수학 점수가 한 인간의 지능에 대한 척도였다. 그리고 지능이란 인생에서 가령 호화로운 집, 대형 텔레비전, 세탁기, 식기세척기 등과 같은 무언가를 소유하도록 해 주는 수단이었다.

"네가 그렇게 게을러서야 앞으로 어떻게 출세를 할 수 있겠니?"

이런 식이다. 이렇게 나오실 줄 알았다.

"난 장거리 화물차 운전사가 될 거예요. 그러니 내가 꼭 김나지움에 가야 할 필요는 없잖아요."

반항심이 폭발한 베르톨트가 말했다. 그러자 아빠가 화를 내며 대답했다.

"나라면, 공부를 계속할 수 있다는 것에 기뻐했을 거야. 하지만 당시에 우리 집은 그럴 형편이 안 됐어. 그리고 내가 너보다 더 올바른 판단을 내릴 수 있으니까 말인데, 넌 내년에는 멍청이 딱지를 뗄 정도로 죽어라 공부해야 할 거다. 그래야 5학년 이후로는 성적이 더 나아질 테니, 알겠어?"

베르톨트는 시선을 떨구고 접시를 바라보았다. 에바는 동생이 울고 싶은 마음을 꾹 참고 있다는 것을 알았다. 동생은 그 대신 몸을 숙이고 케이크 한 조각을 입으로 밀어 넣었다. 그리고 찻잔을 입에 대고 코코아를 마셨다. 그것을 삼키고 나서 연이어 케이크를 베어 물었다. 에바는 넋을 잃고 동생을 바라보았다. 베르톨트가 얼마나 성급하게 먹었던지 사실상 꿀떡꿀떡 삼켰다고밖에 할 수 없었다. 그는 접시에서 더 이상 눈을 떼지 않고 끈질기게 배를 채웠다.

"에바, 넌 왜 안 먹는 거냐?"

아빠가 물었다. 그제야 그녀는 자기 앞에 놓인 케이크에 손도 대지 않고 있었다는 것을 알았다. 그녀는 아빠를 쳐다보지도 않은 채 말했다.

"아빠 잔소리 때문에 식욕이 싹 달아났지 뭐예요."

"에바!"

엄마의 목소리가 겁에 질린 것처럼 들렸다.

"사실인걸요!"

"아, 이 어린 아가씨가 반항이라, 이거지? 하지만 지금까지 넌 식욕이 달아난 것처럼 보인 적이 단 한 번도 없었어. 어떤 경우에도 넌 그렇게 보이지 않았다고."

"그만들 해요!"

엄마가 불안해져서 말했다.

"오늘 우리 가족들이 어떻게 된 건지 도통 모르겠어요. 식사 때는 언쟁을 벌여서는 안 되는 법이에요. 건강에도 좋지 않아요."

에바는 아무 말도 하지 않았다. 또 무슨 말을 할 수 있었 겠는가? 엄마의 주장대로라면 언쟁을 벌이는 것은 결코 건 강에 좋지 않았다. 그러나 아빠는 날마다 트집을 잡는 게 건 강에 좋은 것이 분명해 보였다. 에바는 케이크를 야금야금 뜯어 먹었다. 메마르고 푸석했다. 그녀는 케이크를 다시 접 시에 내려놓았다. 그러자 엄마가 말했다.

"넌 그 정도 양은 다 먹을 수 있을 텐데. 겨우 그것만 먹 고 말다니."

에바는 베르톨트가 한 대로 따라했다. 케이크를 입안에 욱여넣고 뒤이어 코코아를 잔뜩 마셨다.

10

에바와 미헬은 아이스크림 가게에 앉아 있었다. 비가 내렸다. 에바는 머리를 다시 풀어 내린 모습이었다. 미헬이 그녀의 손을 잡았고, 그들은 탁자를 사이에 두고 서로를 마주 보았다.

"나중에 함께 디스코텍에 가 보는 건 어때?"

에바가 말을 꺼내자 미헬이 물었다.

"왜? 난 어디서든 너랑 단둘이 있는 게 훨씬 더 좋은데. 너희 집에 가면 정말 안 돼?"

"안 돼. 넌 우리 아빠를 몰라서 그래."

"아쉽군."

"난 디스코텍에 꼭 가 보고 싶단 말이야. 한 번도 못 가 봤어."

미헬이 어깨를 으쓱했다.

“나야 뭐, 상관없어. 하지만 거기는 정말 시끄러워. 돈도 많이 들고.”

“돈은 나에게 있어.”

“좋아, 그렇다면 요제프 광장에 있는 디스코텍으로 가자.”

에바가 머뭇거리며 말했다.

“난 춤을 춰 본 적이 없어. 우리 아빠와 왈츠를 춰 본 것 외에는.”

그것은 새해 첫날의 일이었다. 아빠는 샴페인을 마셔서 그런지 기분이 매우 좋아 보였다. 라디오에서 춤곡이 요란하게 울려 나왔다.

별안간 아빠가 안락의자와 탁자를 옆으로 치우고는 완전히 흥이 올라 라디오 볼륨을 더욱 높였다.

“자, 애들 엄마, 이제 애들에게 왈츠 추는 법을 보여 주자고.”

엄마는 손사래를 쳤다.

“아, 안 돼요, 여보. 춤을 안 춘 지가 얼마나 오래됐는데 그래요.”

“자, 어서.”

아빠는 싫다고 버티는 엄마를 안락의자에서 끌어냈다.

“어서, 여보. 핑계 대지 말고.”

그렇게 해서 그들은 춤을 추었고, 아빠는 노래도 큰 소리로 따라 불렀다.

“그토록 푸르고 푸르고 푸른 도나우 강……!”

그들은 탱고와 왈츠, 차차차와 폭스트롯을 추었다. 엄마의 뺨이 발그레해질 때까지.

"에바, 이제 네 차례다."

엄마가 숨을 몰아쉬며 안락의자에 쓰러지자 아빠가 말했다.

"전 춤출 줄 몰라요."

"그렇다면, 지금 배우면 되겠구나."

에바는 갑자기 가슴이 두근거리기 시작했다. 무거운 몸을 그토록 능숙하고 안정적으로 움직이는 아빠가 대단해 보였다. 아빠는 평소와 달랐다. 더 젊어 보였다.

"네 아빠는 예전에 대규모 댄스 대회에서 일등을 한 적이 있단다. 우리가 사귀기 시작했을 때였지."

에바는 놀라서 아빠를 멍하니 쳐다보았다.

"정말이세요?"

에바는 춤을 배우는 자신의 동작이 굼뜨고 미숙하다는 느낌이 들었다. 박자를 맞추지 못해 아빠의 발을 밟기도 했다.

"그렇게 하는 게 아니야, 에바. 다리를 생각해서는 안 돼. 박자에만 신경 쓰고 내가 이끄는 대로 따르면 된단다. 알았지? 하나, 둘, 셋. 하나, 둘, 셋. 하나, 둘, 셋."

그렇게 하자 춤이 아주 쉬워졌다. 에바는 돌고 또 돌았고, 음악과 아빠의 품에 안겨 유쾌하고 행복한 기분이 들었다.

"아주 잘하는구나, 에바. 정말이야! 여보, 우리 조만간 큰 딸을 데리고 춤추러 가야겠어."

엄마는 흐뭇해하며 고개를 끄덕였다. 베르톨트는 자신의 미키마우스 공책 위에 엎드려 잠들어 있었다.

"아빠와 춤을 췄었어."

이 말을 하며 에바는 다시 미헬을 쳐다보았다.

"아빠는 예전에 어떤 댄스 대회에서 일등을 한 적이 있으셔."

"정말이야?"

"응, 아빠가 엄마와 사귀던 시절에 말이야."

미헬이 에바를 미심쩍은 눈초리로 쳐다보았다.

"그렇지만 디스코텍에서는 왈츠를 추지 않아."

에바가 웃으며 말했다.

"나도 알아. 텔레비전에서 이미 자주 봤어."

그녀는 자기 방에서 몰래 춤을 연습하던 기억을 떠올렸다. 그리 어려울 것 같지는 않았다.

디스코텍은 사람들로 몹시 붐볐다. 에바는 그 모든 날씬하고 아름다운 여학생들을 보자 도로 나가고 싶은 마음이 굴뚝같았다. 글쎄, 모두가 그렇게 날씬한 건 아니었다. 뚱보도 몇 명 있었다. 어떤 뚱뚱한 여학생은 콜라병을 손에 들고 다른 남학생과 여학생들 한가운데 서서 웃고 있었다. 에바는 그녀를 곁눈질로 쳐다보았다. 그녀는 진심으로 웃고 있었다. 자신이 다른 사람들과 다를 바 없다는 듯이. 그렇지만 그녀는 정말로 뚱뚱했다. 그렇게 뚱뚱하지는, 완전히 에바만큼 뚱뚱하지는 않았지만 아무튼 뚱뚱하기는 했다! 더구나 안경까지 끼고 있었다.

미헬이 에바의 손을 잡아끌고 구석 자리 탁자로 갔다. 에바가 책가방을 내려놓고 자리에 앉으려 하자 미헬이 말했다.

"안 돼. 일단 이곳에 왔으니 우리도 춤부터 춰야지."

그는 그녀가 알아들을 수 있도록 매우 큰 소리로 말해야했다. 플로어는 사람들로 발 디딜 틈이 없었지만 미헬은 무작정 밀고 들어가 몸을 흔들기 시작했다. 처음에는 천천히, 그 후에는 점점 더 빨리.

'춤 솜씨가 제법이군.' 하고 에바는 생각했다. 그러자 그녀의 무릎이 후들거렸다. 현기증이 났다. 아빠가 뭐라고 말씀하셨지? '그렇게 하는 게 아니야, 에바. 다리를 생각해서는 안 돼. 박자에만 신경 쓰고 내가 이끄는 대로 따르면 된단다.' 그러나 이곳에는 그녀를 이끌어 줄 사람이 없었다.

그녀는 미헬이 하는 대로 따라했다. 처음에는 느리게, 허리를 흔들고. 대체 박자가 어떻게 되는 거야, 그러다가 그녀는 발을 연달아 밟았다. '마치 화장실이 급한 어린 여자애 같군.' 이 생각이 떠올라 그녀는 미소를 지었다. 미헬도 미소를 지었다. '미헬.' 그녀는 생각했다. '아, 미헬.'

미헬이 그녀의 손을 잡고 박자에 따라 드러나지 않게 이리저리 흔들었다. 그러자 갑자기 그 느낌이 살아났다. 새해 첫날에 춤을 추었을 때의 그 느낌. 아니, 오히려 훨씬 더 멋진 느낌이었다. 에바는 웃으면서 길게 풀어헤친 머리카락을 흔들었다. 그녀는 코끼리만 한 자신의 덩치를 잊어버리고 춤을 추었다.

도중에 미헬이 그녀를 플로어에서 끌어내 자신들의 자리로 데려갔다.

"돈을 줘. 콜라 사 올게."

"난 젤터 탄산수가 더 좋아."

미헬이 고개를 끄덕였다. 그가 돌아와서 위버킹어 미네랄워터 잔을 그녀 앞 탁자에 내려놓았다. 그런 다음 옆으로 바짝 당겨 앉아 팔을 그녀의 허리에 둘렀다. '땀에 젖어 버렸어. 온몸에 땀이 흥건해. 냄새가 심하지 않으면 좋겠는데.' 그녀는 그를 옆으로 밀어냈다.

"우아, 에바."

미헬이 황홀해하며 말했다.

"너, 춤 정말 멋지게 추던데. 그럴 줄 몰랐어. 토요일에 함께 청소년 회관에 갈래? 우린 여름 축제를 열거든."

에바가 고개를 끄덕였다. '아빠!' 그녀는 문득 이 생각이 떠올랐다. '아, 아빠.'

블라우스가 그녀의 몸에 착 달라붙어 있었다. 그렇지만 이제 그런 것쯤은 전혀 문제가 되지 않았다. 그녀는 자리에서 일어나 미헬을 플로어로 끌고 갔다.

"난 춤을 좀 더 추고 싶어."

그가 고개를 끄덕였다. 그녀가 시계를 쳐다보았을 때는 벌써 8시가 되어 있었다.

그녀는 문을 살며시 열었다. 거실 쪽에서 텔레비전 소리가 새 나왔다. 벌써 9시 반이 지나 있었다. 그때 거실 문이 열렸다. 아빠는 그녀를 머리끝에서 발끝까지 훑어보더니 두 걸음 다가와 팔을 치켜들었다. 에바는 아빠를 빤히 쳐다보았다. 그녀의 뺨이 불이 난 듯 얼얼해졌다.

"아니, 여보."

엄마가 안절부절못한 채 화를 내며 말했다.

"얘는 왜 좀 더 늦게까지 돌아다니면 안 되는 거죠? 얘도 벌써 열다섯 살인데 말이에요."

"난 내 딸이 싸돌아다니는 걸 바라지 않아."

"하지만 얘가 어쩌다 9시 반까지 돌아오지 않았다고 해서, 싸돌아다녔다고 할 수는 없잖아요. 지금 아니면 언제 청춘을 즐기겠어요?"

에바는 엄마의 목소리에 분노가 섞여 있음을 알았다. 아빠가 고함을 질렀다.

"그렇게 시작되는 거라고. 두 눈으로 똑똑히 봐. 저 애가 어떤 꼴을 하고 있는지! 우리가 저 애를 어떤 후레자식과 놀아나라고 학교에 보내는 줄 알아?"

에바는 말없이 자기 방으로 가서 등 뒤로 세차게 문을 닫았다. 그녀는 침대에 몸을 내던졌다. 부드럽고 아늑한 침대에 누우면 언제나 따스함과 위안을 느낄 수 있었다. 그녀는 울면서 큰 소리로 외쳤다.

"아빠 나쁜 사람이야. 아빠 비열한 인간이야. 아무것도 모르면서. 겨우 그런 생각만 할 뿐이지."

엄마가 달려와 그녀 옆의 침대 모서리에 앉았다. 엄마는 어쩔 줄 몰라 하며 에바의 등을 쓰다듬어 주었다.

"얘야, 아빠는 진심으로 그러신 게 아니야, 정말 아니란
다. 아빠가 너 때문에 얼마나 많이 걱정하셨는지 몰라. 심
지어 경찰에 전화까지 거셨어. 어딘가에서 무슨 사고라도
접수되었는지 알아보시려고."

에바는 흐느끼며 울다가 큰 소리로 목 놓아 울었다. 이제
더는 참고 싶지 않았다. '아빠는 실컷 들어야만 해, 나쁜 인
간 같으니!'

"얘야. 아, 이런."

엄마도 달리 어떤 말이 떠오르지 않았다! 에바는 더욱 큰
소리로 울었다.

"아빠를 이해하려고 노력해야지. 어차피 그런 분이니까."

"언제나 나만 아빠를 이해해야 하죠! 언제나 나만! 사랑
하는 남편에게나 가 보세요! 가시라고요. 엄마는 아빠를 그
토록 잘 이해하시니까요."

엄마는 더 이상 아무 말도 하지 않았다. 그러더니 방을
나섰다. 에바는 문이 딸깍 하고 닫히는 소리를 들었다. 그
녀의 커다란 울음소리는 일정하게 반복되는 흐느낌으로 변
했고, 점점 더 느려지더니 서서히 진정되었다. 그녀는 얼굴
을 베게에 파묻었다. 얼굴이 화끈거리며 부어오른 느낌이
들었다. 그러자 또다시 울음이 나왔다. 울고 또 울었다. 미
헬, 아빠는 아무것도 이해하지 못하셔. 전혀, 아무것도. 아
빠는 그 어떤 것을 이해하신 적이 한 번도 없었어.

"젠장! 빌어먹을!"

11

에바는 교실에서 창밖을 내다보고 있었다. 눈이 쑤셔 왔
다. 눈물이 핑 돌더니 금방이라도 쏟아질 것만 같았다. 그
녀는 자리에서 일어나 교탁으로 나갔다.

"선생님, 바람 좀 쐬고 와도 될까요? 속이 메스꺼워서
요."

뷔트록 선생님이 고개를 끄덕였다.

"그러렴, 에바."

에바는 모래톱 위를 걷는 것처럼 비척거리며 교실을 빠
져나와 계단을 내려가 화장실로 갔다. 그녀는 변기 위로 몸
을 깊이 숙이고 두 손으로 걸터앉는 부분을 짚고서 치즈와
자초 소스를 곁들인 청어리, 곡물 가루로 만든 수플레 찌꺼
기와 두 통의 과일 요구르트를 토해 냈다. 지난밤에 땀에 젖
어 치마와 블라우스가 몸에 달라붙은 상태로 잠에서 깨어났

을 때 먹었던 음식이었다. 그녀는 누르스름하고 쓴 액체만 올라올 때까지 토악질을 계속했다. 그러고 나서 벽에 몸을 기대고 얼굴에 흐르는 땀방울과 또 눈물도 닦아 냈다.

그때 프란치스카가 나타나 그녀를 세면대로 데려갔다. 프란치스카가 수도꼭지를 틀어 주었다.

"뷔트록 선생님이 너를 따라가 보는 게 좋겠다고 말씀하셨어."

에바는 찬물에 얼굴을 대고 화끈거리는 눈 위로 물을 흘려보냈다. 다음으로 입을 헹궜다. 몸도 마음도 많이 개운해졌다.

"뭔가 잘못 먹은 게 틀림없어. 이제 좀 나아졌어."

프란치스카가 종이 티슈 한 장을 꺼내 물에 적신 다음 몸을 숙이며 말했다.

"치마에 얼룩이 좀 묻었어."

그 후 그들은 나무 그늘에 앉아 프란치스카가 자판기에서 빼내 온 종이컵에 담긴 차를 마셨다.

"넌 밤에 밖에 나가서 얼마나 오래 있어도 돼?"

에바가 물었다.

"때마다 달라. 대개는 내 맘대로야."

"아빠가 어제 따귀를 때렸어. 9시 반에 집에 들어왔다고."

"9시 반이면 그리 늦은 시간도 아닌데."

"늦게 들어간다고 얘기하지 않았거든."

"하긴, 나도 늦게 들어갈 때는 전화를 해야 해."

프란치스카가 물었다.

"아빠가 자주 손찌검하셔?"

"아니, 내가 할머니를 늙은 마녀라고 말했을 때가 마지막이었어."

"할머니가 정말 그러셔?"

에바는 머리를 좌우로 흔들었다.

"그렇지 않아. 하지만 눈치가 없으시긴 하지."

"우리 부모님은 날 한 번도 때리신 적이 없어. 어렸을 때도 그랬고."

"어렸을 땐 툭하면 따귀를 맞곤 했었지. 항상 아빠한테만 맞았어. 내 동생은 요즘도 종종 손찌검으로 혼쭐이 나."

"그러면 너희 엄마는? 그럴 때 엄마는 뭐라고 하셔?"

에바는 웃었다.

"엄마도 덩달아 마음고생을 하시지. 그리고 따귀를 맞을 때마다, 적어도 초콜릿 한 판을 몰래 주시곤 해."

"넌 저녁에 자주 나돌아 다니니?"

"아니, 어제 처음으로 춤추러 갔었어. 넌?"

"나도 자주 나가지는 않아. 아직도 이곳에 아는 사람이 거의 없거든."

에바가 얼굴을 찌푸리며 말했다.

"난 이곳에서 태어났는데도 아는 사람이 별로 없어."

이 말을 하며 그녀는 일어나서 치마에 묻은 먼지를 털어냈다.

"이제 괜찮아 보이니?"

"응."

프란치스카가 대답했다.

"머리를 그렇게 풀고 있으니까 훨씬 예뻐 보여. 머리카락이 정말 멋진데."

에바는 재빨리 눈길을 옆으로 돌렸다.

"자, 다시 올라가자."

에바는 공부를 하던 중이었다. affligere, affligo, afflixi, afflictum.* 그때 베르톨트가 방문을 열었다.

"아빠 전화야. 누나 바꿔 달래."

에바는 거실로 가서 수화기를 집어 들었다.

"에바?"

아빠가 물었다.

"네."

"너와 얘길 좀 하려고 길모퉁이의 전화 부스까지 일부러 나왔어."

"그랬군요."

"어젠 네게 무슨 일이 생긴 줄 알고 정말 불안했단다."

에바는 아무 말도 하지 않았다. 부엌에서 그릇이 딸그락거리는 소리가 났다.

"에바, 어제 네 뺨을 때린 건, 아빠가 그러지 말아야 했어."

---

* afflict라는 뜻의 라틴 어 동사 어미 변화.

에바는 수화기를 귀에 꼭 대고 눌렀다.

"저도 전화로 알려드릴 수 있었는데……."

"그래, 그랬어야지."

"하지만 그러기가 어려웠어요. 전 디스코텍에 춤추러 갔 었거든요. 처음으로."

"재미있었냐?"

"네. 무척 좋았어요."

"난 사무실로 들어가 봐야 한다. 그럼, 다음번에는 전화 를 해야 한다, 알겠지? 나중에 보자."

"네, 아빠."

에바는 부엌으로 들어갔다.

"엄마, 제가 대신 장 봐다 드릴까요?"

에바는 엄마의 놀란 얼굴을 보자 웃음을 참을 수 없었다. 그리고 나중에 무거운 장바구니를 들고 집으로 오면서도 웃 었다. 자신의 몸이 무척 가볍고 붕 떠 있는 느낌이 들었다. 오직 감자와 사과와 밀가루의 무게 때문에 발을 땅에 붙이 고 있는 것만 같았다. '아빠는 그렇게 나쁜 분은 아니셔. 특 별히 전화 부스까지 나와서 전화를 하신 건 본받아야 할 부 분이라고!'

그녀는 저녁에 청소년 회관에서 벌어지는 여름 축제에 관해 얘기해 보기로 결심했다. 그녀는 무슨 일이 있어도 가 고 싶었다. '어쩌면 아빠도 허락해 주실지 몰라. 오늘 그렇 게 부드럽게 대해 주셨으니까.'

저녁 식사 때 에바는 흥분해서 거의 아무것도 먹지 못했다. 퇴근을 하고 돌아온 아빠는 매우 다정한 모습이었다. 집 안을 순찰하며 검사하는 일도 별 잔소리 없이 빨리 끝났다. 그렇지만 또 어찌 될지는 알 수 없는 노릇이었다!

"청소년 회관은 토요일에는 10시까지 열어요. 그다음에 또 전차를 타고 집으로 와야 해서 11시 전까지는 돌아오기 힘들 거예요."

"네가 그렇게 늦게 혼자 전차를 타고 이리저리 돌아다니다니. 어림도 없는 일이야."

"하지만 여보, 얘는 얼마 후면 벌써 열여섯이 된다고요."

"전 더 이상 어린애가 아니에요."

에바가 말했다.

"그건 나도 알아. 그 말은 최근 들어 부쩍 자주 듣고 있으니까. 그러나 난 내 딸을 밤에 혼자 시내를 돌아다니게 하지는 않아. 내가 데리러 가마."

"말도 안 돼요, 아빠! 대체 그게 애들 눈에 어떻게 비치겠어요? 남들이 뭐라고 말하겠냐고요. 아빠가 절 마치 아이들 생일 파티에 간 어린애처럼 데리러 온다면 말이에요!"

"이제 그만 얘기하자. 내가 너를 데리러 가든가 아니면 네가 집에 남아 있든가, 그 외에 다른 선택지는 없어. 대체 너는 신문도 읽지 않는단 말이냐? 날마다 살인 사건이다 살해다 떠들어 대는 마당에. 그리고 성폭행도."

에바는 분통이 터져 거의 울부짖을 뻔했다.

"여보, 아이들에게는 자유도 줘야만 해요. 신문마다 다 그렇게 나와 있어요. 잡지를 봐도 그런 기사가 실려 있고요. 그리고 그런 기사를 쓰는 사람은 다들 전문가란 말이에요."

"당신은 아무거나 믿지."

아빠가 심술궂게 말했다.

"난 우리 애들을 어떻게 키울지에 관해서는 누구에게도 간섭받지 않아. 얘들에게 어떤 게 더 좋은지는 내가 가장 잘 아니까."

"하지만 에바는 분별 있고 행동거지가 바른 애예요. 여태껏 어리석은 짓을 저지른 적도 전혀 없고요."

"그렇다면 앞으로도 계속 그래야지."

아빠는 거실로 가 버렸고, 뒤이어 뉴스 앵커의 목소리가 들려왔다.

"안녕히 주무세요."

그동안 내내 말없이 옆에 앉아 있던 베르톨트가 말했다.

엄마가 설거지 그릇 쪽으로 몸을 돌리며 말했다.

"하루라도 잠잠한 날이 없으니."

에바는 부엌에서 나와 등 뒤로 문을 세차게 닫았다.

그녀는 자기 방에 앉아 씩씩거리며 종이에 검은 선들을 죽죽 길게 그었다. 엄마가 쟁반을 들고 들어왔다.

"네가 먹을 걸 좀 만들었다. 아무것도 먹지 않고는 잠을 자지 못하잖니."

쟁반에는 버터와 빵 외에 기름에 번들거리는 연주황색 연어가 든 양철 캔도 하나 있었다.

"최고급 연어란다. 원래는 아빠 생일 때 쓰려고 사 놓았던 거야. 하지만 이젠 네 차지가 되었구나."

엄마가 앞치마 주머니에 손을 집어넣었다.

"자, 초콜릿도 한 판 있다."

엄마는 쟁반을 침대 옆 작은 탁자에 내려놓았다.

"그냥 아빠가 데리러 가도록 하는 게 어떻겠니? 그리 나쁜 생각은 아니잖아."

에바는 머리를 절레절레 흔들었다.

"싫어요."

"아 이런, 그 고집불통은 네 아빠에게서 물려받았구나."

엄마가 문손잡이에 손을 올렸다.

"난 이제 건너가 봐야 한다. 그러지 않았다가는 또 무슨 불똥이 튈지 모르니."

에바는 카세트테이프를 하나 집어넣었다. 사이먼 앤 가펑클의 'Bridge over troubled water'가 흘러나왔다. 그녀는 이불을 돌돌 말아 등받이로 삼고 쟁반을 침대로 옮겨 옆에 놓았다. 그런 다음 빵에 버터를 바르기 시작했다.

'이 최고급 연어를 빵과 함께 먹기에는 너무 아까운데, 정말 아까워. 나중에 따로 먹어야지.'

그녀는 버터를 두툼하게 듬뿍 발랐다. 냉장고에서 꺼낸 아주 차가운 버터를 부드러운 식빵에 바르는 것, 그것은 기분 좋은 일이었다. 그녀는 먼저 빙 돌려가며 겉껍질을 뜯어 먹고 나서 부드러운 안쪽 부분을 먹기 시작했다. 그 전에 주의 깊게 버터를 이로 밀어내면서 빙 둘러 버터 벽을 만들어

놓고서 조금씩 뜯어 먹었다. 마침내 조그맣고 둥근 조각만 남았다. 그녀는 그것을 한참 쳐다보다가 입안으로 쏙 밀어 넣었다.

When evening falls so hard, I will comfort you. I´ll take your part.(그토록 힘든 밤이 찾아오면, 내가 그대를 위로해 줄게요. 그대 편이 되어 줄게요.)

남자 목소리가 다정하고 부드럽고 듣기 좋게 울렸다. 에바는 빵을 씹으면서 곰곰이 따져 보았다. '내가 열여덟 살이 되면 이 집에서 나갈 거야. 2년 3개월 남았군. 물과 빵만 먹고 사는 한이 있더라도 반드시!' 두 번째 조각에 버터를 바르며 생각을 이어 갔다. 그녀는 방을 하나 구할 것이다. 물론 아주 조그만 방 하나를. 방세를 내기 위해서는 과외를 할 것이다. 못해도 시간당 20마르크는 벌 수 있을 테니까. 수학과 영어 실력은 충분했고, 불어 실력도 저학년을 가르치기에는 모자라지 않았다. 그리 많은 돈은 벌지 못할 게 당연했다. 그러나 누구도 그녀 일에 간섭하지 않을 것이다. 자유. 그녀는 연어 한 조각을 입안으로 밀어 넣었다. 자유. 그것은 모험과 드넓은 세상처럼 그녀에게는 야성적이고 아름답게 다가오는 단어였다. 연어가 얼마나 부드러운지. 연어는 그야말로 혀에서 살살 녹았다. 그녀는 두 번째 조각을 입안에서 천천히 이리저리 굴리며 생각했다. '최고급 연어! 아빠는 이런 일을 당해도 싸지. 내가 지금 이걸 먹고 있다고

해서 아빠가 억울해할 건 없어. 프란치스카는 밤에 원하는 만큼 실컷 나돌아 다녀도 된다잖아.'

마지막 연어 조각을 먹기 전에 그녀는 카세트테이프를 뒤집어 끼웠다. 10시였다. 부모님이 잠자리에 들 시간이었다. 욕실에서 물이 내려가는 소리가 들렸다. 순간적으로 그녀는 녹음기의 볼륨을 낮게 줄였다. 엄마가 문 너머에서 외쳤다.

"잘 자라! 에바, 잘 자."

에바는 대답하지 않았다. 자유! 2년 3개월하고도 닷새만 더 기다리면 돼!

그녀는 연습장으로 쓰는 빈 공책을 꺼내 첫 페이지 맨 위에 다음과 같이 적었다. '7월 1일 화요일' 그리고 그 아래에는 '7월 2일 수요일' 그런 다음 '7월 3일 목요일', 다음으로 네 번째 그리고 계속해서 그렇게 적었다. 다섯 페이지를 적고 난 후에 그녀는 중단했다. 겨우 9월 8일까지 와 있었다. 내일 다시 계속할 것이다. 아니면 모레. 그렇게 해서 한참이나 남은 대림절待臨節*을 기다릴 때처럼 날마다 하루씩 줄을 그어 지울 것이다. 이 생각은 그녀의 마음에 들었다. 그녀는 날짜 옆에 조그만 그림을 그리기 시작했다. 7월 1일 옆에는 황소 한 마리, 꼬리를 치켜세우고 콧구멍에서 김을 내뿜는 검은 황소 한 마리를 그렸다. 그녀는 축 늘어진 커다란

---

* '예수님이 이 땅에 오기를 기다리는 절기'를 가리키는 말로, 로마가톨릭의 그레고리오 교황(590~604) 시대에 성탄절 전 4주 동안 미사가 확정되면서 교회력의 시작이 되었다.

성기도 추가로 그려 넣었다. 이전에 이름가르트 숙모 집을 방문했을 때 본 적이 있었다. 하지만 곧바로 지워 버렸다.

내일 그녀는 슈미트후버를 찾아가야 한다. 슈미트후버는 토요일에 입을 새 옷을 한 벌 지어 주기로 했다.

"여름옷 한 벌 짓는 거야 금방이지. 식사하고 나서 곧장 카우프호프 백화점으로 옷감을 끊으러 가자꾸나."

엄마는 이렇게 말했었다. 에바는 7월 2일 옆에 여름옷 그림을 그렸다. 모레는 미헬을 만날 것이다. 3시에 분수대에서. 그녀는 하트 모양을 그려 넣고 사인펜을 찾아 빨갛게 칠을 했다. 그리고 바깥 둘레를 따라 아주 작은 글씨로 적어 나갔다. Amo te, ama me! 내가 그대를 사랑하니, 그대도 나를 사랑해 주오! 라틴 어 선생님이 어떤 유적 발굴 때 발견된 반지에 그런 내용이 적혀 있었다고 말했었다. 그리고 토요일 옆에도 빨간 하트 모양을 하나 그렸다. 그녀는 그곳에 갈 것이다. 도망치는 한이 있더라도 꼭. 그녀는 마음을 굳게 다지며 공책을 덮어 책가방에 넣었다.

침대에 드러누워 그녀는 다시 한 번 생각했다. 2년 3개월 하고도 닷새. 그녀는 '자유'라는 말을 해 보고, 그것을 초콜릿 한 조각과 함께 혀로 녹였다.

자유. 자유다!

12

에바가 갈색과 베이지색 줄무늬가 든 옷감을 고르자 엄마가 말했다.

"아무래도 그렇게 밋밋해 보이는 천은 너에게 어울리지 않아. 조금 더 발랄하고 강렬한 색이라야 해. 저기 저 빨간색 천 좀 봐봐. 아주 최신 문양이야."

"싫어요."

에바는 고집을 부렸다.

"여기 이걸로 할래요."

"그러든지, 네 맘대로 해. 하지만 무척 비싸구나."

말은 그렇게 하면서도 엄마는 그녀가 고른 옷감을 사 주었다.

"어쩌면 네가 옳을지도 몰라. 줄무늬는 날씬해 보이도록 해 주니까."

그 후, 그들은 슈미트후버의 집에서 커다란 거실용 탁자에 둘러앉아 패션 잡지를 뒤적거렸다. 집에서 만든 비스킷과 레모네이드가 나왔다. 엄마와 슈미트후버는 마치 자기들이 춤추러 가는 것처럼 무척 들떠 보였다.

"맙소사, 레나테, 아직 기억하고 있니? 우리가 예전에 싸돌아다니던 일. 싸구려 옷들을 입고서 말이야!"

"옷이 그렇게 많지는 않았지. 여러 벌 장만하기에는 돈도 없었고."

슈미트후버가 말했다.

"그래도 그때가 참 좋았는데!"

"여기 이거요."

에바가 소매가 짧고 목 부분이 둥글게 팬 단순한 여름 원피스를 가리키며 말했다.

"이런 원피스를 입고 싶어요. 이런 걸 지어 주실 수 있나요?"

"그야 물론이지, 에바. 네가 그걸 원한다면야! 더 찾아보지 않아도 괜찮겠니?"

"네. 전 이런 옷이 마음에 들어요."

에바는 슈미트후버가 탁자를 치우는 것을 거들어 주었다. 슈미트후버는 복잡한 선이 그려진 옷본 용지를 탁자에 올려놓고 그 위에 투명한 종이 한 장을 올렸다.

"잘 만들어 주실 거죠?"

에바가 말하자 슈미트후버가 웃으며 대꾸했다.

"배운 솜씨가 어디 가겠니."

슈미트후버는 옷본을 천으로 옮기기 전에 에바의 치수를 표시된 것과 비교해 보고 나서 허리 부분을 1, 2센티미터 넉넉하게 그려 넣었다. 에바는 그녀가 평소처럼 '너 또다시 몸이 불었구나.' 하고 말하지 않은 게 고마웠다.

그때 엄마가 불쑥 말을 꺼냈다.

"내가 다시 한 번 애 나이만큼 젊어진다면, 모든 걸 다르게 살아 보고 싶어."

"어떻게 말이에요?"

에바가 물었다.

"글쎄다, 아무튼 다르게 말이다. 다시는 그렇게 일찍 결혼하지 않을 거야."

"하지만 넌 아주 잘 풀린 경우잖아."

슈미트후버가 이렇게 반박하며 천을 재단하기 시작했다.

"남편은 부지런하고 가정적이고 딴 여자들에게 한눈파는 일도 없지. 그리고 착한 애들도 둘이나 있고."

에바는 이를 꽉 물었다.

"그래, 그래. 그건 고마워해야 할 일이지. 네 말이 맞아. 그렇기는 하지만……! 하루하루 흘러가다 보면 어느덧 또 한 해가 저물곤 하니."

엄마는 손으로 눈을 문질렀다.

'자유야. 자유, 자유, 자유라고!' 에바는 이렇게 생각하며 수제 비스킷을 하나 더 입에 넣었다. 맛이 아주 좋았다. 슈미트후버가 말했다.

"에바, 내 말을 귀담아들었으면 좋겠는데, 절대 한 남자에게 의존하지 않을 그런 직종의 일을 배우도록 해. 그러니까 그 사람의 돈에 의존하지 말라는 거란다."

에바가 웃으며 말했다.

"나도 그럴 거예요, 레나테 이모."

엄마가 깜짝 놀란 눈길로 쳐다보자 에바는 히죽 웃었다. 엄마도 약간 서글픈 미소를 지으며 말했다.

"레나테 이모의 말씀이 딱 맞아, 에바."

옷의 앞면과 뒷면이 합쳐지자 에바는 가봉을 위해 입어 보아야 했다. 그녀는 재빨리 블라우스와 치마를 벗고 얼른 새 옷을 걸쳐 보았다. 물론 두 사람에게 등을 돌린 채였다.

그러고 나자 슈미트후버가 그녀 주위를 돌며 핀을 꽂고 실로 기웠다. 슈미트후버는 핀들을 이 사이에 물고 실을 꿴 바늘은 자신의 블라우스에 꽂아 두고 있었다.

"팔을 올려 봐, 에바."

"그래, 됐다."

"한 번 돌아 보거라."

"여기 좀 봐, 마리안네. 난 여기 등에 주름을 두 개 더 시쳐 넣으려고. 그러면 옆에서 볼 때 더 날씬해 보일 거야."

이렇게 말한 다음 슈미트후버는 핀들을 다시 통에 집어넣었다.

"됐어! 이제 거울에 비춰 봐도 좋아."

현관 복도에 금색 테두리가 달린 커다란 거울이 하나 있었다. 거울 양편에는 천사상이 두 개 달려 있었는데, 조그만 천으로 배 부분만 가린 벌거숭이에 조그만 금빛 날개가

돋아나 있었다. 그 거울은 슈미트후버가 할머니에게서 물려받은 것이었다. 왼쪽 천사의 이름은 에바였다. 슈미트후버는 매번 이렇게 말했었다.

"네가 아직 아기였을 때는 이렇게 생겼었단다. 아주 똑같았지."

에바는 이곳에 올 때마다 그 천사를 자세히 살펴보았고, 뺨이 토실토실하고 웃고 있는 얼굴에서 자신의 예전 흔적을 찾아보려고 애썼다. '불룩한 배와 오동통한 다리는 맞는 게 확실해.' 어린 시절 사진들 속의 모습은 특별히 뚱뚱해 보이지는 않았다. 물론 마르지도 않았다. 그래, 그렇진 않았다. 그러나 당시에 그녀는 뚱뚱하지는 않았었다. 아무튼, 그 천사는 예뻐 보였고, 에바는 그 모습을 보며 기뻐했다.

'내가 저렇게 생겼었구나. 그러면 언제부터 내가 달라진 거지?'

그녀는 거울 앞에서 천천히 몸을 이리저리 돌려 보았다. 옷은 그녀의 마음에 들었고, 그 옷을 입은 자신의 모습이 아주 뚱뚱해 보이지는 않았다. 적어도 치마에 블라우스 차림보다는 나았다. 그녀가 말총머리를 풀어 헤치고 머리를 흔들자 머리카락이 어깨 위로 출렁거리며 흘러내렸다. 슈미트후버가 그녀 뒤로 다가와 통통한 팔로 감싸 안았다.

"예뻐 보이는구나, 에바. 머리를 늘 그렇게 하고 다니지 그러니."

"집에서는 그럴 자신 없어요. 아시겠지만, 아빠가 워낙 그러시니까요."

슈미트후버가 웃으며 말했다.

"넌 완전히 사자 갈기 같은 머리를 가졌구나, 에바."

슈미트후버는 머리카락 속으로 손을 넣어 장난삼아 잡아 당겨 보기도 했다.

"모든 걸 다 참아 넘기지는 마렴. 정말 모든 걸 다 참아 넘겨서는 안 된단다!"

"그래, 내일 저녁에는 어떡할 거냐?"

금요일에 저녁 식사를 하다가 아빠가 물어보았다. 에바 는 붉은콩 요리가 담긴 접시 위로 고개를 숙이고 숟가락으 로 베이컨 조각 하나를 건져 냈다.

"절 데리러 오세요."

"그러자꾸나. 내가 언제 가면 좋을까?"

아빠는 만족스러워했다.

"10시가 되어야 끝나요. 그러나 미헬의 말로는 늘 약간은 더 늦어진대요. 혹시 11시 반에 오시면 어떨까요?"

"정확히 그 시간에 갈게."

아빠는 특별히 다정하게 대해 주었다.

'꼼수를 부리는 거야. 아빠는 자기 뜻을 관철시켰으니까.'

미헬은 아빠가 그녀를 데리러 오는 것을 그리 나쁘게 받 아들이지 않았었다.

"난 이해가 안 돼. 내가 너라면 기뻐할 텐데. 밤에 힘들게 전철을 타고 갈 필요가 없으니까 말이야."

그때 아빠가 물었다.

"그런데 그곳이 대체 어디냐?"

"슈타우펜가街예요. 슈타우펜가 34번지."

아빠는 고개를 뒤로 젖히고 멍하니 천장을 쳐다보았다. 에바는 그럴 것으로 예상했었다. 그녀는 무표정한 얼굴로 계속해서 베이컨 조각을 찾았다. 그러나 더 이상 남아 있지 않았다.

"식초 좀 이쪽으로 줄래?"

베르톨트가 그녀에게 식초를 건네주었다.

"누난 대체 어딜 가는데 그래?"

"네가 말귀를 알아들을 때까지 기다리다간 세상이 멸망할 거야. 내일 저녁에 춤추러 간다고, 청소년 회관에."

"아, 그렇구나."

베르톨트는 더 이상 관심을 보이지 않고 계속해서 수프를 떠먹었다.

아빠가 숟가락을 접시에 내려놓자 요란하게 딸그락거리는 소리가 났다.

"당신은 그런 곳에 간다는 걸 알고 있었어?"

아빠가 '그런 곳'이라는 말을 할 때 '그' 소리를 아주 높게 시작해서 길게 끄는 느낌이 들었다. 마치 그곳이 연옥쯤이나 되는 것처럼 들렸다. 에바는 이렇게 되리라는 걸 알고 있었다. 엄마가 그녀에게 친구들끼리 비밀스레 일을 꾸미며 쳐다보는 듯한 눈길을 보냈다. 그런 눈길을 에바는 견딜 수가 없었다. 그 때문에 신경이 곤두서는 것 같았다.

"네. 당연히 나도 알고 있었죠."

에바는 화가 나서 말했다.

"엄만 몰랐어요."

"그곳이 변두리 쪽에 있으면 왜 안 된다는 거죠?"

엄마가 이렇게 쏘아붙이고는 빈 접시들을 한곳으로 모았다.

"이제 후식 내올게요."

아빠는 아무 말도 하지 않았다. 에바는 생각했다. '골이 나신 거야. 아빠는 나를 그곳에 가지 못하게 하고 싶어 안달이겠지만, 지금은 감히 그럴 엄두를 내지 못하고 있을 뿐이야.'

엄마가 내온 초콜릿 푸딩은 진갈색이었다. 반쪽으로 된 통조림 복숭아는 노란색이 짙어서 오렌지색에 가까워 보였다. 그 위로 초콜릿 플레이크가 뿌려진 생크림이 화려하게 얹혀 있었다. 엄마는 입버릇처럼 말하곤 했다. '보기 좋은 떡이 먹기도 좋단다.'

에바는 생크림을 한 숟가락 떠서 입에 넣고 혀로 살살 녹였다. 새 옷도 이미 완성되어 슈미트후버가 오늘 가져다주었었다.

"즐겁게 놀다 와, 에바. 그리고 잊지 마. 어떤 것도 참아 넘겨서는 안 돼!"

에바는 그 옷을 떠올렸다. 줄무늬는 정말로 날씬해 보이게 해 주었다. 그 옷은 아름다웠고 그녀에게 잘 어울렸다. 그녀가 후식이 담긴 유리 접시를 밀어내며 말했다.

"전 배불러요."

그녀는 생크림을 약간 먹었을 뿐 다른 것에는 전혀 손도 대지 않았다. 아빠가 그 접시를 집어 베르톨트 앞에 놓았다. 음식을 상하게 그냥 버려두는 법은 없었다.

　에바는 욕조 속에 몸을 뻗고 거품을 조그만 방울이 되도록 만들었다. 무게가 전혀 없는 조그맣고 하얀 거품 방울들이 피부를 간질여 댔다. 욕조에 몸을 더 깊이 담그면 거품이 워석거리는 소리도 들을 수 있었다. 그 소리는 의외로 컸고 무척 인상적이었다. 실체도 없는 것이 그런 소리를 낸다는 사실이 믿기지가 않았다. 에바는 거품 목욕, 특히 솔잎액 거품 목욕을 좋아했다. 그것은 지중해 연안의 삿갓솔 냄새가 났고, 휴가 분위기를 풍겼기 때문이다. 그녀는 눈을 감기만 하면 되었다. 카롤라가 프랑스 남부 지방에서는 길가에 핀 라벤더를 꺾어도 된다고 이야기해 준 적이 있었다. 프랑스. 아빠가 했던 말이 머리에 떠올랐다.
　"올해는 휴가를 갈 수 없게 됐다. 대신 내년에는 프랑스로 갈 거야. 그리고 후년에는 그리스다."
　그때 에바는 생각했었다.
　'그리고 그 후에는, 그 후에 나는 더 이상 함께 가지 않아.'
　그녀는 두 손을 거품 더미 위로 미끄러뜨리면서 거품이 손바닥 아래서 녹아 없어질 때까지 두루 휘저었다. 따뜻한 물도 좋았고, 자신의 몸을 덮고 있는 거품 이불도 좋았다. 2년 전에 이탈리아의 그라도에 갔을 때 그녀는 몸을 따뜻한 모래에 파묻었었다. 베르톨트가 삽으로 모래를 가득 퍼 올려서 그녀는 두툼한 모래층에 덮여 머리만 겨우 내밀고 있었다. 그런데도 동생은 모래를 계속 퍼 올렸다. 그녀는 무게에 짓눌려 질식할 것만 같았다. 그토록 많은 사람들 사이에서, 그 뜨거운 열기 속에서 정말로 매장되는 줄 알았다. 베르톨트는 삽으로 모래를 퍼서 그녀의 얼굴을 덮었고, 커다란 몸집에 비해 유달리 가는 다리를 가진 아빠는 웃고 있었다. 에바가 왈칵 울음을 터뜨리며 다급히 양손으로 몸에서 모래를 밀어냈을 때도 아빠는 웃고 있었다. 그 사이에 그녀는 모래 묻은 손으로 눈을 문질러 더 많은 모래 알갱이가 눈물이 흐르는 눈으로 들어갔다. 에바는 화가 났다. 아빠에게도 화가 났고, 베르톨트에게도 화가 났다. 그래서 그녀는 동생에게 달려들어 얼굴을 모래 속에 처박아 버렸다. 동생이 팔을 마구 허우적거렸다. 아빠는 그것을 보고서도 웃었다. 아빠는 가는 다리로 그곳에 서서 웃고 있었다.

거품이 줄어들었다. 거품은 연두색 물 군데군데 떠서 섬을 이루고 있었다. 에바는 다시 자신의 배와 가슴을 볼 수 있었다. 그러나 물속에서 손을 찰방거리자 몸의 윤곽이 흐느적거리며 불분명해졌다.

아빠가 문에 대고 노크했다.

"빨리 끝내, 에바. 아빠도 급해."

에바는 몸의 물기를 닦아 내고 잠옷을 입었다. 그녀는 자기 방으로 와서 침대 위에 놓여 있던 원피스를 들어 조심스레 옷걸이에 걸었다.

'미헬.'

그녀는 축축하게 젖은 머리카락을 이마에서 쓸어 넘겼다. 그들은 내일 오후 4시에 분수대에서 만나기로 했다. 에바는 옷걸이를 옷장에 걸어 두고 침대에 풀썩 쓰러졌다. 방안의 공기가 후텁지근했다.

13

"어서 가 보자, 에바."

미헬이 앞서서 그녀의 손을 끌었다. 임시 막사 모양의 밝은색 건물에는 많은 아이들과 청소년들이 돌아다니고 있었다.

"이봐, 미헬. 네 여자 친구냐?"

검은 벨벳 조끼를 입은 젊은이가 물었다. 미헬이 고개를 끄덕였다.

"저 사람은 슈테판이야. 우리 형 친구."

그가 에바에게 설명했다.

"자, 이제 서둘러. 너에게 소개해 줄 사람이 있으니까."

그들은 조화로 장식된 공간에 들어섰다. 자그만 무대에는 어떤 장치가 놓여 있었고, 남자 세 명이 거기에 매달려 손을 보고 있었다. 끼익거리고 쿵쾅거리는 소리가 났다. 미헬이 귀를 틀어막았다.

"페트루스. 이리 좀 와 볼래요?"

미헬이 소리치자 남자들 중 키가 크고 호리호리한 남자가 돌아보았다. 그 장치에서 다시 한 번 요란한 소리가 나는 바람에 에바는 깜짝 놀라 고개를 움츠렸다. 그가 버튼을 왼쪽으로 돌려 보더니 나머지 두 사람에게 말했다.

"이제 다 됐어, 친구들. 나머지 선들만 정리하면 되겠어."

이 말을 하고서 그는 단번에 훌쩍 뛰어 가설무대에서 내려왔다.

"안녕, 미헬."

그는 미헬과 악수를 했고, 다음으로 에바와 악수를 했다.

"네가 그 에바구나?"

그녀는 당황해서 고개를 끄덕였다. 그 남자는 아직 젊었다. 비록 매부리코에 이마 위가 벗겨지기 시작했지만 에바의 마음에 들었다.

"난 페터 구아르디니라고 해. 하지만 여기서는 다들 페트루스라고 부르지."

그가 씩 웃자 콧수염이 옆으로 벌어졌다.

"비록 내가 관리하는 이곳이 항상 천국은 아니지만 말씀이야."*

에바는 미헬을 옆에서 자세히 뜯어보았다. 그는 입을 반

---

* 페트루스는 성경에 나오는 예수님의 수제자인 베드로와 같은 이름으로, 「마태복음」 16장 19절에서 예수님이 베드로에게 '내가 천국의 열쇠를 네게 주리니'라고 말하는 장면을 인용한 것이다.

쯤 벌리고 페트루스를 쳐다보고 있었다. 에바는 생각했다. '마치 칭찬을 받고 싶어 하는 꼬마애 같군.'

페트루스가 커다란 손을 미헬의 어깨에 올리고 말했다.

"네가 여자 친구를 데려오다니, 멋진걸. 우린 이제 곧 시작할 거야. 너희들은 그때까지 정원에서 장식하는 일이나 도와줘."

"오케이, 페트루스. 그러죠 뭐."

에바는 미헬을 따라 조그만 방을 지나 햇빛이 환한 곳으로 나왔다. 그 방은 의자와 탁자가 층층이 쌓여 문으로 가는 좁다란 통로밖에 남아 있지 않았다.

정원에는 기다란 탁자들 위에 종이 접시와 컵이 놓여 있었다. 여학생 몇 명이 나뭇가지로 탁자를 장식하고 있었다.

"저기 봐, 일로나. 네 오빠가 여학생이랑 같이 왔어!"

에바는 손으로 눈 위를 가렸다. 햇빛에 눈이 부셔 그들의 얼굴을 알아볼 수 없었기 때문이다.

여학생 한 명이 에바 쪽으로 다가왔다. 그녀는 에바보다 어렸고 활기가 없고 소심해 보였다. 그리고 무척이나 뚱뚱했다. 에바는 당황하기도 하고 믿어지지도 않아 순간적으로 웃음이 터져 나오려는 것을 겨우 참았다. 그 여학생은 엄마가 자신에게 권했던 바로 그 옷감으로 된 원피스를 입고 있었던 것이다. 엄마가 뭐라고 말씀하셨지? '조금 더 발랄하고 강렬한 색이라야 한다.' 이 여학생은 발랄해 보이지 않았다. 그 반대라고 해야 옳았다.

"얘는 누구야?"

그 여학생이 미헬을 의아하다는 듯이 쳐다보며 물었다.

미헬이 한쪽 팔로 에바를 감싸 안으며 말했다.

"이쪽은 에바야. 내 여자 친구."

그리고 에바에게로 몸을 돌리고 덧붙여 말했다.

"그리고 이쪽은 여동생 일로나야."

에바는 그 여학생에게 손을 내밀었고, 인사나 그 비슷한 말을 하려 했다. 그렇지만 그녀가 입도 벙긋하기 전에 그 여학생은 몸을 돌려 떠나 버렸다. 에바는 손을 도로 거두어 들였다. 창피를 당한 기분이 들었다.

"일로나는 좀 엉뚱해. 하지만 마음은 그렇지 않아. 걔를 좀 더 알게 되면 너도 깨닫게 될 거야."

에바는 그 여학생 쪽을 쳐다보았다. 일로나는 벌써 조심스럽게 꽃이 핀 덤불에서 가지를 자르는 일에 몰두해 있었다. 일로나라는 이름은 그런 여학생에게는 어울리지 않았다. 그 이름은 캠프파이어와 집시 음악을 연상시켰다.

에바는 긴 의자들을 정렬하고 레모네이드병들을 탁자마다 올려놓는 미헬의 일을 거들어 주었다. 미헬이 싱긋 웃으며 말했다.

"맥주는 저 안의 판매대에 있어. 돈을 내고 사야 해."

"벌써부터 맥주를 마셔?"

미헬은 웃었다.

"날 어린애로 보는 거야?"

"아니, 하지만 청소년 보호법에는……."

에바는 혼란스러웠다.

"아, 그거⋯⋯."

미헬이 그쯤은 아무렇지도 않다는 듯이 대답했다.

"그렇지 않아도 난 어제 날짜로 열여섯 살이 되었어."

"정말이야? 내게는 왜 아무 말도 안 했어?"

"어차피 오늘 함께 파티를 벌일 거였으니까."

"너에게 무슨 선물이라도 사 줄 수 있었을 텐데."

"선물은 내가 여기를 떠날 때 주면 되잖아."

그때 건물에서 요란한 음악 소리가 울려 나왔다.

"시작한다. 어서 가 보자."

장식으로 화려하게 꾸며진 공간에서는 이미 많은 사람들이 춤을 추고 있었다.

"옆방에서는 어린이들과 춤을 좋아하지 않는 사람들을 위한 프로그램이 진행되고 있어."

미헬이 설명했다.

"넌 어쩔래?"

"춤을 춰야지."

이번에는 음악에 익숙해지기까지 오랜 시간이 걸렸다. 오랜 시간뿐 아니라 미헬의 손길도 필요했다. 그러나 곧 좋아졌다. 아니, 오히려 아주 신나게 돌아갔다. '난 할 수 있어. 난 언제든지 할 수 있어.' 그녀는 놀랍기도 하고 기쁘기도 했다.

자유.

그녀는 빠른 동작으로 춤을 추었다. 얼굴들이 흐릿하게 스쳐 갔다. 낯선 얼굴들이었고, 때로는 미헬의 얼굴도 보였다. 숨이 너무 차올라 그녀는 미헬과 함께 간이 판매대로 갔다.

"맥주 주세요."

미헬이 주문을 했다.

"에바, 너도 맥주?"

그녀는 고개를 설레설레 흔들었다.

"콜라."

그녀의 입에서 무심코 이 말이 튀어나왔다. 젤터 탄산수라고 말할걸.

"허튼 수작 벌이지 마, 미헬. 너한테 맥주 팔면 안 된다는 거 잘 알고 있잖아."

판매대 뒤편에서 수염을 기른 젊은 남자가 말했다.

"어제 열여섯 살이 됐어요."

"정말이야?"

"그렇다면 그런 줄 알아요!"

얼마 후에 그들은 정원으로 나가 함께 소시지를 먹었고, 다시 돌아와서 보니 플로어는 사람들로 넘쳐 났다. 이제 음악은 더 요란해졌고, 조명은 더 어둑해졌다. 누군가가 천장에 달린 커다란 조명등을 꺼 놓았기 때문이다.

에바는 춤을 추었다. 미헬이 또다시 뭘 좀 마시자고 했을 때도 그녀는 계속해서 춤을 추었다. 그녀는 혼자 계속 춤을 추었고, 미헬이 사라진 것도 알아차리지 못했다. 어떤 젊은 이가 그녀 옆으로 다가왔다. 그는 긴 머리에 몸에 꽉 끼는 바지에다 알록달록한 셔츠를 걸치고 있었다. 좀 으스대는 유형이기는 했지만 얼굴은 매우 잘생긴 편이었다.

"춤 잘 추는데."

그가 이렇게 말하며 손을 뻗어 그녀를 끌어당기려 했다.

"안 돼."

에바는 이제야 여러 쌍이 서로 꼭 붙어서 춤을 추고 있다는 것을 알았다.

"싫어, 난 그런 춤 추고 싶지 않아."

"내가 마음에 안 드는 모양이지?"

젊은이가 도발적으로 물었다.

에바는 그를 내버려 두고 몸을 돌려 판매대 쪽으로 갔다. 맥주병을 손에 든 남녀 학생들이 그곳에 빙 둘러 서 있었다.

"미헬의 애인이 지나가도록 비켜 줘."

한 빨간 머리 남학생이 외치자 나머지 학생들이 웃었다. 순간 에바는 자신의 얼굴이 빨개진 것을 깨닫고 화가 치밀었다.

"미헬, 마누라께서 찾아오셨다!"

빨간 머리가 다시 말했다.

에바는 자신의 몸이 보이지 않았으면 하는 마음뿐이었다. 갑자기 몸이 얼마나 땀에 젖어 있는지, 얼마나 뚱뚱해 보이는지 깨달았기 때문이다. 그들의 호기심 어린 눈길에 몸이 볼품없이 뻣뻣하게 굳어 버렸다. 그때 미헬이 나타나 그녀의 손을 잡았다.

"입 닥치라고, 페테. 입 닥치고 내 친구를 귀찮게 하지 말란 말이야."

그가 빨간 머리에게 말했다.

"왜 이러시나."

빨간 머리가 대꾸했다.

"언제부터 그렇게 까칠해진 거야? 자기가 특별히 잘난 줄 아는 모양이군, 응? 그리 대단한 여자애도 아닌데 말이야. 이 정도라면 뭐, 두 명도 구할 수 있었겠다."

'내 얘길 떠벌리고 다녔나 보군.' 에바는 미헬을 따라 정원으로 나가면서 생각했다. '내가 김나지움에 다닌다고 모두에게 말한 게 확실해. 내가 이토록 뚱뚱하다고 말하는 건 왜 까먹은 거야?'

바깥으로 나왔지만 공기는 실내에 비해 그리 시원하지 않았다. 에바가 말을 꺼냈다.

"소나기가 내릴 모양이네."

"그래."

"날 여기로 데려온 걸 후회하니?"

"아니야."

미헬이 화를 내며 대답했다.

"페테 녀석은 멍청한 놈이야. 그 녀석이 무슨 말을 하든 신경 쓸 필요 없다고. 형편없는 녀석이니까. 다시 들어가자."

몸에 끼는 청바지와 알록달록한 셔츠를 입은 그 젊은이가 문설주에 몸을 기대고 서 있었다. 그가 말했다.

"그래, 아우님은 애인과 어딜 다녀오시는 길인가? 손이라도 잡고 계셨나? 감히 그럴 용기라도 있는 거냐?"

"상관하지 마, 프랑크 형."

미헬이 이렇게 말하며 젊은이를 밀치고 지나갔다. 에바가 문을 지나갈 때 프랑크가 그녀의 가슴께에 슬쩍 손을 가져다 댔다. 에바는 얼른 빠져나갔다.

"네 형은 그리 좋은 사람이 아닌 거 같아."

그녀가 미헬에게 말했다. 미헬이 머리를 절레절레 흔들며 말했다.

"우린 자주 싸우지. 어쩔 수 없는 인간이야."

에바는 춤추고 있는 사람들을 쳐다보며 그들의 모습을 자세히 살폈다. 특히 여학생들, 그들의 엉덩이, 허리 굵기, 몸에 끼는 바지를. 그러자 또다시 자신이 전혀 어울리지 않는 곳에 와 있다는 느낌이 들었다.

통속적인 유행가가 흘러나왔다. 미헬이 팔로 그녀를 감싸 안았다. 그녀는 곁눈질을 하지 않으려고, 주변 사람들을 신경 쓰지 않으려고 노력했다. 자신의 허리에 닿아 있는 미헬의 손길만 느끼려고, 그토록 바짝 붙어 있는 그의 몸만 느끼려고 노력했다. 오직 그것뿐이었다.

누군가가 그녀의 어깨를 가볍게 쳤다. 페트루스였다.

"왈츠 출 줄 아니?"

"네."

"잠깐 실례할게."

페트루스는 미헬에게 이렇게 말하고 에바와 춤을 추었다. 한쪽 구석에 남녀 한 쌍이 거의 움직임도 없이 서로 꼭 끌어안고 있었다. 에바는 고개를 돌려 외면했다. 갑자기 피로가 밀려왔다. 슈테판이 그녀와 춤을 추었고, 다음으로 검은 조끼를 입은 젊은이 그리고 다시 미헬이 그녀와 춤을 추었다. 그녀는 그를 따라 돌고 그의 손에 이끌렸지만 순간적으로 눈앞의 불빛이 흐릿해지더니 방이 빙빙 돌기 시작했다.

"시원한 공기나 좀 쐬어야겠어."

그들은 건물에서 나와 정원으로 이어지는 계단에 앉았다. 정원에는 아무도 없었다. 탁자 위에는 겨자 찌꺼기가 묻은 종이 접시, 빈 레모네이드 병, 먹다가 만 딱딱한 빵 조각 들이 놓여 있었다.

에바는 미헬에게 더 다가가 바짝 붙어 앉았다. 그녀가 말했다.

"나 땀이 흥건해. 시큼한 냄새가 날 거야."

"아냐, 냄새 나지 않아."

미헬이 손을 그녀의 무릎에 올리더니 치마 밑으로 더욱 밀어 넣었다.

"함께 산책이나 조금 더 할래?"

그의 목소리가 너무나 낮아서 에바는 무슨 말인지 거의 알아들을 수가 없었다. 그가 머리를 그녀의 어깨에 기댔다. 에바는 고개를 들어 하늘을 쳐다보았다. 그곳 세상은 별들로 가득했다. '이놈의 손, 누가 보면 어쩌려고.'

"아우님께서는 거기서 뭐하시나?"

프랑크가 묻는 소리에 에바는 몸을 움찔했다. 그곳 세상에는 더 이상 별이 없었다. 미헬은 이미 손을 거둬들인 상태였다.

"꺼지라고, 프랑크."

"형에게 대체 무슨 말버릇이야? 너 미쳤냐? 너나 그 여자 애 데리고 어디 다른 데로 가. 그 짓이 그렇게 하고 싶다면 말이야."

"말조심하시지!"

미헬이 벌떡 일어나 형을 성난 얼굴로 노려보았다. 프랑크는 양쪽 엄지를 청바지 버클에 걸치고 다리를 넓게 벌린 채 서 있었다.

에바는 미헬의 눈길을 피해 물러났다. 그녀는 옆으로 몇 걸음 움직여 정원으로 가서 어둠 속에 몸을 숨겼다. 가죽 재 킷을 입은 젊은이가 문밖으로 나오더니 말했다.

"왜 그래, 프랑크. 또다시 한바탕하려고?"

프랑크는 그를 거들떠보지도 않고 미헬에게 물었다.

"너 저 애와 그걸 어떻게 할려고? 저 덩치 위에서 그게 가능하기나 해?"

"이 너절한 놈!"

"건방지게 굴지 마, 꼬맹아. 그러다가 당하는 수가 있어!"

"어디 해보시지! 자, 어서, 덤벼 보라고!"

미헬의 목소리가 높고 날카롭게 울렸다. 프랑크는 팔을 그대로 움직이지 않고서 미헬에게 다가섰다.

"그 뚱보에게 네가 얼마나 대단한 녀석인지 보여 주려는 거냐?"

미헬이 그에게 달려들어 주먹으로 마구 때렸다. 에바는

몸이 굳어 버렸다. 그녀의 입은 벌어져 있었지만 비명은 나오지 않았다. 그녀는 문득 남녀 젊은이들 몇 명이 문가에 서서 싸움을 지켜보고 있다는 것을 알았다.

"이봐, 프랑크, 헛소리는 그만둬!"

한 젊은이가 말했다.

"어서, 미헬, 본때를 보여 주라고!"

다른 젊은이가 재촉했다.

어느 틈엔가 프랑크의 손에는 칼이 들려 있었다.

"안 돼!"

에바가 소리쳤다.

"안 돼, 그만둬!"

그녀가 큰 소리로 외쳤던가? 그녀는 공포에 사로잡혀 있었다. 그녀는 싸우는 두 사람에게 달려가고 싶었지만 몸을 움직일 수가 없었다. 문가에 서 있던 다른 사람들도 얼굴이 하얗게 변했고, 그 얼굴에는 검은 구멍들만 나 있었다. 누군가가 미헬에게 의자를 밀어 주었다. '본때를 보여 주라고.' 말했던 그 젊은이였다.

미헬이 양손으로 의자 다리를 잡고 머리 위로 높이 치켜들었다. 그는 프랑크를 향해 주춤주춤 두어 걸음 다가가더니 의자로 마구 내리쳤다. 에바는 눈을 감아 버렸다. 그녀가 다시 눈을 떴을 때 프랑크는 바닥에 뻗어 있었다. 머리에 난 상처에서 피가 흘러나왔고, 긴 머리는 가닥가닥 엉겨붙어 있었다. 불그스름한 갈색 머리 가닥들은 보기 흉했다. 미헬은 의자를 아직 손에 든 채 서서 멍하니 형을 바라보고 있었다.

"아니야!"

그는 끊임없이 같은 말만 되풀이했다.

"아니, 아니야! 이건 아니라고!"

은제 십자가 목걸이를 목에 건 한 젊은이가 미헬의 손에서 의자를 빼앗아 도로 안으로 가져갔다. 다른 사람들은 말없이 길을 비켜 주었다. 그 후에 일로나가 나타나 프랑크 옆에 앉더니 그의 머리를 자기 허벅지에 올려놓았다. 그녀는 프랑크의 머리를 마치 인형처럼 이리저리 흔들었는데, 얼굴에는 눈물이 흐르고 있었다. 원피스가 위로 밀려 올라가 노출된 그녀의 굵은 허벅지가 열린 문을 통해 쏟아지는 불빛에 하얗게 보였다.

"일로나, 그러면 안 돼! 프랑크는 아주 가만히 누워 있어야 한다고."

페트루스가 몸을 숙여 프랑크의 머리를 붙들었다. 일로나는 눈을 크게 뜨고 그를 쳐다보았다. 누군가가 와서 그녀를 끌어냈다. 페트루스가 말했다.

"라이너, 구급차를 불러 줘."

젊은이 한 명이 다시 건물로 들어갔다. 누구도 말 한 마디 하지 않았다. 사이렌을 울리고 경광등을 번쩍이며 구급차가 왔을 때도 많은 말을 하지 않았다.

"프랑크 바일하이머라고 해요, 맞아요."

"아뇨, 우린 아무것도 보지 못했어요. 춤을 추고 있었거든요."

"그는 어디서 떨어진 게 틀림없어요."

"네, 아마 그랬을 거예요."

나머지 사람들은, 프랑크가 들것에 실려 구급차로 옮겨지는 모습을, 눈을 부릅뜨고 지켜보고 있는 미헬 주위에 모여 있었다.

"너만 오지 않았어도……!"

일로나가 에바에게 말했다.

모두가 회관을 정리하는 일을 거들었다. 페트루스는 미헬과 일로나를 집으로 데려다주러 갔지만 금세 다시 돌아왔다. 그가 말했다.

"축제는 끝이야."

아무도 그의 말에 대꾸하지 않았다.

에바가 곳곳에 널려 있는 종이컵들을 모으고 있을 때, 마침 그녀의 아빠가 왔다.

"다들 그다지 즐거워 보이지 않는구나."

아빠의 말에 에바는 울음을 터뜨렸다.

"누가 너에게 무슨 짓이라도 한 거야?"

아빠가 물었다. 아빠는 크고 강인해 보였고, 무척 염려스러운 눈치였다. 에바는 아빠에게 몸을 기댔다. 아빠는 그녀를 팔로 감싸 안았다.

"누가 너에게 무슨 짓이라도 했냐고?"

아빠가 다시 한 번 물었다. 에바는 머리를 흔들고 얼굴에서 눈물을 닦아 냈다. 아니, 아무도 나에게 무슨 짓을 하지 않았어요. 아무 일도 일어나지 않았어요, 정말이에요. 에바는 얼굴을 아빠의 옷소매에 대고 눌렀다. 친숙한 그 냄새가 위안이 되었다. 아뇨, 아무 일도 없었어요.

"사고가 있었어요. 젊은이 한 명이 어디서 떨어졌거든요."

페트루스가 아빠에게 설명했다.

에바는 머리를 베개에 파묻고 열이 나고 부어오른 얼굴로 울고 있었다. '그 뚱보에게 네가 얼마나 대단한 녀석인지 보여 주려는 거냐?' 이 말을 하고 나서 프랑크는 바닥에 뻗어 있었고, 일로나, 프랑크의 머리를 흔들고 있던 일로나는 이렇게 말했다. '너만 오지 않았어도……!'

에바는 위가 오그라드는 것을 느꼈다. 뚱보인 나! 나 때문에 그 일이 벌어졌어. 모두 다 나 때문이야. 그런데 미헬은? 그 애는 왜 그냥 가 버리지 않았을까? 프랑크는 손에 칼을 들고 있었는데, 불빛을 받아 번뜩이는 칼을.

에바는 뺨을 실룩이며 아래턱을 내밀고서 간신히 욕실로 갔다. 그녀는 세면대 위로 몸을 숙이고 토하기 시작했다. 위가 경련을 일으킬 때까지 모든 것을 토해 냈다. 그녀는 찬물 수도꼭지를 틀어 놓고 얼굴과 손을 물에 가져다 댔다. 토사물을 헹궈 내리고 아무리 씻어 내도 시큼한 냄새는 좀처럼 사라지지 않았다.

그녀는 자신의 속이 텅 비고 거기에 거대한 구멍이 뚫려 있다는 느낌이 들었다. 그녀는 속이 비어 있었다. 고통스럽게 토해 내고 또 토해 냈기 때문이었다. '속이 너무 비어서 위가 아픈 거야.' 고통스러운 그 불쾌함을 자신이 어떻게 해 볼 수 있겠다는 생각이 떠오르자 위안이 되었다.

그녀는 마른 식빵 한 조각을 먹었다. 아주 천천히 먹었다. 고통에 시달린 가련한 위를 보호하기 위해 오래 씹었다. 마른 빵이 목구멍을 자극하며 내려갔다. 그녀는 우유를 데워 버터 바른 빵 한 조각을 곁들여 먹었다. 그런 다음 또 한 조각을 먹었다. 냉장고에는 살라미가 들어 있었고, 크림 치즈도 아직 두 통이나 남아 있었다. 배의 통증이 서서히 줄어들었고 위도 편해졌다. 아주 편하면서도 든든했다. 그녀는 살그머니 자신의 침대로 돌아갔다.

문제 중의 문제인 이 문제 외에는 아무런 문제도 없었다. 그것은 바로 비곗살이었다. 이 역겹고 부드러운 지방층, 이 지방층이 그녀와 주변 사람들을 갈라놓고 있었다. 그것은 완충 장치이자 누에고치였고, 쿠션이자 무쇠 고리였다. 오직 비곗살만이 문제였다. 비곗살은 슬픔과 소외와 배척을 의미했고, 조롱과 불안과 치욕을 의미했다.

비곗살에 파묻혀 그녀는 보이지 않았다. 진짜 에바인 그녀가 말이다. 원래의 그녀는 지방의 부담을 느끼지 않고 마음 편히 살아가고, 사랑받으며 살아야 마땅했다.

이 지방층에 그녀는 갇혀 있었다. 실제의 에바인 그녀가 말이다. 실제의 에바는 끊임없이 음식과 영양분과 속을 채워 넣을 것을 생각하지 않았고, 그토록 부끄러워하며 남몰래 먹는 거라면 무엇이든 달려들어 입으로 마구 집어넣지 않았다. 마치 기계처럼, 마치 굴착기처럼, 가리지 않고 모든 것을 하나도 남지 않을 때까지 말이다.

이 누에고치 속에 들어앉아 또 다른 에바가 살아가고 있었다. 그 에바는 탐욕을 몰랐고, 닥치는 대로 우적우적 씹고, 허겁지겁 먹어 대고, 삼키고, 억지로 밀어 넣는 것도 몰랐다.

어느 날, 그 어느 날엔가 비곗살은 햇볕에 녹아 역겹고 냄새 나고 기름 범벅인 액체로 변해 완전히 지방의 개울을 이루며 하수구로 흘러들 것이다. 그러면 가뿐하고 쾌활하고 진정한 에바인, 또 다른 에바만 남게 될 것이다. 행복한 에바만.

14

월요일 3시 정각에 에바는 분수대가에 앉아 있었다. 머리
는 단정하게 뒤로 빗어 넘겨 머리끈으로 묶고 있었다.

미헬은 나타나지 않았다.

'태양이 비치는 게 이상하군. 비가 내려야만 한다고. 날씨
는 음산해야 해. 나무들은 바람에 휘청거리고, 새들도 지저
귀어서는 안 돼.'

그녀는 샌들을 벗고 맨발로 자갈길을 걸어갔다. 조그만
돌들이 그녀의 연한 발바닥을 아프게 찔러 댔다. '그래도 괜
찮아.' 하고 그녀는 생각했다. 그녀는 아주 힘껏, 아파서 이
를 앙다물지 않을 수 없을 정도로 힘껏 걸음을 내디디려 노
력했다. '아파.' 하고 그녀는 혼자 낮은 소리로 말했다. 그녀
는 말 한 마디 할 때마다 한 걸음씩 내딛으며 일정한 리듬에
따라 되뇌었다.

"난 아프고 — 아파야 하고 — 아프지 않을 수 없고 — 아파야 마땅해."

그녀는 공원을 가로질러 반대편까지, 노천카페까지 갔다가 다시 돌아왔다. 그곳에도 미헬은 없었다. 다리가 천근만근 무거워졌다.

그녀는 샌들을 다시 신고 역 쪽으로 걸어갔다. 대형 서점 앞에 멈춰 서서 그녀는 망설이고 있었다. 안으로 들어가기 위해서는 마음을 다잡지 않을 수 없었다.

"무엇을 도와드릴까요?"

젊고 매우 날씬한 여점원이 물었다.

"됐어요. 그냥 둘러보는 거예요."

이렇게 대답하고 그녀는 다이어트 관련 책들이 꽂힌 서가 앞에 섰다. 살을 빼고, 체중을 줄이고, 더 건강하게 사는 것에 관한 책들이었다.

그녀는 책 한 권을 빼내 이리저리 넘겨 보았다. 빵, 요구르트, 지방질이 적은 스테이크(150g) 등이 칼로리와 줄^{Joule} 단위로 적혀 있었다.

에바는 뒤를 돌아보았다. 누군가에게 감시당하고 있다는 느낌이 들었기 때문이다. 그러나 그곳에는 그 날씬한 여점원뿐이었다.

"뭘 찾고 계신가요?"

에바는 고개를 가로저으며 책을 다시 서가에 꽂아 놓고 무슨 책인지 들여다보지도 않고서 다른 책을 꺼냈다.

"이 책으로 주세요."

집으로 돌아온 그녀는 책상 앞에 앉아서 책을 읽기 시작했다. 저녁때까지 그녀는 칼로리 일람표 전체를 외워 버렸다. 마치 단어 공부를 하듯이 했기 때문이다. 다 내 탓이야. 내 잘못이라고. 이렇게 뚱뚱하고 자제력도 없으니. 프랑크는 어느 병원에 입원해 있을까? 하루에 1천 칼로리, 그 이상은 안 돼. 미헬은 왜 안 나온 거지? 프랑크에게 무슨 일이 생겼나?

"에바! 저녁 먹어라!"

엄마가 불렀다. 버터 바른 토스트 두 조각과 가볍게 훈제한 돼지 등심살, 버터를 얇게 바른다 해도 그것은 500칼로리나 되었다. 에바가 말했다.

"전 배고프지 않아요. 오늘은 먹고 싶지 않아요."

"어쩐 일이냐? 몸이 아픈 거니?"

엄마, 내가 엄마를 믿어도 될까요? 비밀을 지켜 주실 건가요?

아니, 그러지 않는 편이 나았다. 에바는 듣기 거북한 말이 나올까 봐 두려웠다. '놔 둬, 손에 쥐어 보는 걸 아주 좋아하는 남자들도 있으니까.'

그녀는 엄마에게 말했다.

"아픈 게 아니에요. 단지 배가 고프지 않을 뿐이에요."

하루하루가 고통스러울 정도로 더디게 흘러갔다. 잠자리에서 일어나고, 옷을 입고, 아침 식사 자리에 앉았다. 에바가 블랙커피만 마시자 엄마가 비난에 찬 눈길을 보냈다. 그녀는 그런 눈길을 누그러뜨리기 위해 학교에서 간식으로 먹을 빵에 버터를 발랐다. 특별히 두꺼운 빵을 두 겹으로 세 쪽이나 만들었다. 그것은 어차피 가까운 길모퉁이의 휴지통으로 들어갈 운명이었다. 그녀는 금식 중이었다.

프란치스카가 물었다.

"너, 어디 아프니?"

에바는 아니라고 대답했고, 위가 꾸르륵거리는 것은 갑작스러운 구토 증세 때문이라고, 아마 어떤 바이러스 때문인 것 같다고 변명했다. 프란치스카가 위로해 주느라 에바의 팔에 손을 얹었다. 그녀의 손은 따뜻하고 느낌이 좋았다. 손바닥이 부드럽고 뽀송뽀송했기 때문이다. 에바는 비록 한기가 들기는 했지만, 이 여름날의 더위에도 불구하고 한기가 들기는 했지만, 손바닥은 축축했다.

먹고 싶은 욕망이 밀어닥칠 때면, 수업 중에 위가 고통스럽게 오그라들 때면, 그녀는 몸을 약간 뒤로 기대고 자신의 허벅지를 프란치스카의 허벅지와 비교해 보기만 하면 되었다. 늘 바지만 입고 다니는 프란치스카는 다리가 가늘었고, 무릎은 깡마르다시피 했다. 반면에 에바 자신은 앉아 있느라 치마가 밀려 올라가 훤히 드러난 무릎이 호빵 같았고, 무릎 위로는 덩어리, 지방 덩어리가 보였다.

덩어리, 덩어리들. 이 얼마나 징그러운 말인가. 구역질 나는 말이다.

오전은 견디기 힘들었지만, 오후는 더욱 힘들었다. 집에서 가족들이 점심 식사를 할 때 그녀는 배가 고프지 않다고 말했고, 학교에서 간식으로 먹는 빵, 두 겹으로 된 세 쪽의 빵을 집으로 돌아오는 길에 막 먹었다고 둘러댔다.

그 후에 그녀는 공원으로 가서 미헬을 기다렸다. 그가 오지 않으리라는 것을 알았지만, 그가 와 주기를 기대했다.

하지만 그 애가 와야 할 이유가 어디 있어? 그 모든 게 내 탓인데. 또는 나, 에바가 아니라, 이 빌어먹을 지방 덩어리 탓이겠지.

4시가 되자 그녀는 다시 집으로 돌아왔다. 그녀는 자기 방에 틀어박혀 악착같이 단어 공부에 매달려 보았지만, 단어들을 외울 수 없다는 사실만 확인하고 말았다.

저녁 식사가 시작되기도 전에 그녀는 이렇게 말하고 잠자리에 들었다.

"몸이 좋지 않아요. 엄마, 정말이에요. 절 귀찮게 하지 마세요. 잠 좀 자게요."

엄마가 불안하고 근심 어린 표정으로 그녀에게 빵을 가져다주며 말했었다.

"얘야, 대체 어디가 아픈 거니?"

그녀는 빵을 비닐봉지에 싸서 책가방 속에 감춰 두었다. 그 빵은 다음 날 아침에 간식용 빵과 함께 휴지통에 던져 넣을 것이다. 그녀는 울다가 잠에 빠져들었다.

미헬은 왜 나타나지 않았지?

에바는 통증을, 어떻게 해도 견디기 힘든 고통스러운 통증을 느꼈다. 그녀는 위가 아팠는데, 그 정도로 심했던 적은 한 번도 없었다. 배 속에서 창자가 뒤틀렸다. 마치 칼로

찔러 대는 것 같았다.

그녀는 책을 한 권 꺼내 들고 읽어 보려 했다. 그러나 글자의 형체들이 눈앞에서 사라지며 흐물거렸다. 종이 위에서 검은 반점들이 어른거렸다. 그녀는 온통 음식 생각밖에 나지 않았고, 배고픔을 달래고 싶은 욕망 외에 다른 모든 것은 중요하지 않게 되었다. 조용해지도록, 위에서 나는 소리가 조용해지도록 해 줘야 했다. 배고픔은 통증을 몰고 왔다.

'난 먹지 않을 거야. 먹지 않아.'

그녀는 최근 나흘 동안 몸무게가 2킬로그램이나 줄었다. 2킬로그램. 앞으로 더 줄여야 할 10킬로그램에 비하면 그리 많은 것은 아니었지만 그래도 제법이었다!

그녀는 책을 치워 두고 다이어트 일람표를 집어 들었다.

빵 한 조각, 40그램, 100칼로리

버터 5그램, 38칼로리

살라미 100그램, 526칼로리

고르곤졸라 치즈 100그램, 410칼로리

초콜릿 한 판, 536칼로리

에바는 햇빛이 비치고 있는 데도 불구하고 한기로 몸이 떨려 왔다. 피부가 오그라들고 머릿속이 윙윙거렸다. 그녀는 부엌으로 갔다. 이제는 결국 무방비 상태였고, 속수무책으로 자신의 욕구에 내맡겨졌고, 저항할 기력이라곤 조금도 남아 있지 않았다. 그녀는 커다란 빵을 집어 배에 대고 누른 채 톱니 모양의 날이 달린 나이프로 두툼하게 한 조각 잘라 냈다. 그런 다음 잘라 낸 빵 조각을 나무 쟁반에 올려놓고 버터를 퍼서 발랐다. 아주 듬뿍.

"버터를 그렇게까지 두껍게 바를 필요는 없잖니."

엄마가 말했다.

"상관 마세요. 배가 고파서 그러니까요."

에바는 광대버섯 모양의 도자기 소금통을 집어 들었다. 흰 점들이 찍힌 버섯 갓, 흰 반점들이 찍힌 빨간색 갓 부분에 구멍이 송송 뚫려 있었다. 광대버섯에는 독이 들었는데. 그녀는 맑고 투명한 알갱이들을 버터 위에 뿌렸다.

"내가 수프를 데워 주는 게 좋지 않겠니?"

엄마가 물었지만 에바는 아무런 대꾸도 하지 않았다. 에바는 나무 쟁반을 자기 방으로 들고 와 책상 위에 내려놓고 그 앞에 자리를 잡고 앉았다. 그녀가 빵을 한 입 덥석 베어물었다. 워낙 세게 물어뜯는 바람에 손에 들고 있던 빵이 조각조각 부서졌다.

세상에 음식을 씹는 것보다 좋은 일이 어디 있을까? 신선한 빵에 바른 차가운 버터와 비교할 수 있는 부드러움이 또 있을까? 너무 많지도 적지도 않게 뿌린 소금보다 더 나은 양념이 과연 있을까? 씹는 것. 빵을 입안에 넣고 잘게 씹어 꿀꺽 삼키면서 동시에 손에 든 빵을 바라보는 것, 아직 빵이 충분히 남아 있다는 느낌, 다음에 베어 물 것이 남아 있고, 그러고도 더 있다는 느낌. 이것 말고는 행복은 어디에도 없으리라.

빵을 삼키자 목이 아파 왔다. 그녀의 내면 깊은 곳에는 실망감, 좌절감, 이번에도 해내지 못했다는 느낌이 버티고 앉아 있었다. 그러나 그것은 잘게 썹은 빵과 버터와 소금으로 된 이 맛좋은 범벅에 덮여 버렸다.

성적표가 나오기 전 마지막 몇 주. 이제는 어떤 것도 더 고칠 수 없고, 어떤 것도 더 만회할 수 없었다. 프란치스카는 점점 말이 없어졌다.

"난 안 될 것 같아. 절대 통과하지 못할 거야. 수학에서 최하 점수를 받을 테니까. 실은 그것도 내겐 과분하겠지만."

"대신 넌 영어를 아주 잘하잖아."

"영어만 그렇지. 아빠는 내가 자진해서 유급해야 한다고 말씀하셔. 그게 가장 합리적이라는 거야."

프란치스카와 에바는 그때 운동장에 서 있었다. 에바의 주변에서 나는 외침 소리가 별안간 아주 커지더니 귀에 쟁쟁 울렸다. 그 소리는 너무나 날카로워져서 에바는 그것 외에는 아무 것도 들을 수 없었다. 바로 옆에서 나는 낮은 목소리도 더 이상 알아들을 수 없었다.

이제야 에바는 프란치스카가 같은 반에 남는 것이, 계속해서 옆자리에 앉아 있는 것이, 아침마다 그냥 그 자리에 앉아 손을 내밀어 주는 것이 자신에게 얼마나 소중한지 알았다. 에바가 말했다.

"안 돼, 넌 유급해서는 안 돼."

"하지만 이렇게 계속 나가는 것도 더는 불가능해."

프란치스카가 에바의 팔짱을 끼며 말했다.

"나는 수학은 완전 꽝이야. 내가 너의 절반만큼만 할 수 있어도 좋을 텐데!"

에바는 프란치스카를 체육관으로 통하는 텅 빈 복도로 이끌고 갔다.

"나랑 같이 공부해 보자. 앞으로 호흐슈타인 선생님 말문이 막힐 정도로 넌 수학 실력이 좋아질 거야."

"정말?"

"그럼, 정말이지. 내가 너와 함께 공부해 줄 거니까."

라일락 향기를 살짝 풍기는 날씬한 프란치스카가 에바의 목에 팔을 두르고 뺨에 뽀뽀를 했다.

"넌 내 소중한 친구야."

에바는 이 친근한 스킨십에 몸이 굳어 그냥 어정쩡하게 서 있었다.

15

미헬은 금요일이 되어서야 나타났다. 에바는 멀리서부터 이미 그를 알아보았다.

"안녕, 에바?"

에바는 옆에 앉아서 그의 뺨을 쓰다듬어 보았다. 상당히 부어오른 뺨은 푸르스름한 피멍이 들어 있었다. 그녀가 물었다.

"누가 이렇게 한 거야?"

"아빠가. 프랑크 형 일로. 형제들끼리 치고받고 해서는 안 된다고 하셨어."

에바는 아무 말도 하지 않았다.

"난 드디어 떠날 수 있게 돼서 기뻐. 7월 31일에. 오후 2시 16분 기차로 출발해."

"그렇구나."

에바는 이 말만 했다. 그리고 잠시 후에 물었다.

"프랑크는 좀 어때?"

"그리 심하게 다친 건 아니야. 뇌진탕이래. 두 주 후면 다시 집으로 올 거야."

"콜라 마실래?"

미헬이 고개를 끄덕였다.

그들은 함께 나란히 걸어갔다. 하지만 서로 몸이 닿지는 않았다. 그 후 플라타너스 아래, 처음 만났던 그때와 똑같은 자리에 앉아 콜라를 주문했다.

"프랑크 형이 잘못한 거라고. 너 프랑크 형이 가진 칼 봤니?"

"응."

"형은 항상 칼을 가지고 돌아다녀. 다들 그걸 알고 있어서 형에게 시비를 걸지 않지. 페트루스도 그렇게 말했어. 어제 저녁에 우리 집에 왔었거든. 아빠는 처음에 그를 집 안으로 들이지 않으려 했어. 아빠는 페트루스에게 책임이 있다고 말씀하셨거든. 그가 우릴 잘 돌봐야 했다는 거지. 그 일로 보수를 받는 거니까. 하지만 그 후에 아빠는 그와 좀 더 얘기를 나누었어. 그 때문에 내가 오늘 나올 수 있었던 거야."

"난 어제도, 그제도 널 기다렸어."

"페트루스가 내게 나가 봐야 한다고 말했어."

"안 그랬다면, 넌 오지 않았을까?"

"잘 모르겠어."

미헬은 대답할 마음이 내키지 않는 것 같았다. 얼마 후에 그가 말했다.

"난 부끄러웠어."

"무엇 때문에?"

"나도 몰라."

그는 매우 느릿느릿 말했다.

"아마 전부 다였을 거야. 내가 싸움을 벌였기 때문이기도 하고, 또 프랑크 형이 병원에 있기 때문이기도 하지."

에바가 콜라를 두 잔 더 시켰다.

"미헬, 넌 왜 그렇게 화가 났던 거야? 왜 그냥 가 버리지 않았어?"

"페트루스도 나에게 그렇게 물어봤어."

"그래서 뭐라고 대답했어?"

"프랑크 형이 널 모욕했기 때문이라고 했어."

에바는 속이 부르르 떨리는 것을 느꼈고, 기운이 빠지고 위에서 뭔가 덩어리지는 듯한 느낌이 들었다.

"날 뚱보라고 말해서?"

미헬은 얼굴이 벌겋게 달아올라 콜라 잔을 바라보며 고개를 끄덕였다.

"하지만 난 뚱뚱해."

에바가 이 말을 하자 배 속에서 뭉쳐졌던 덩어리가 풀어지기 시작했다.

"난 뚱보가 맞아. 넌 그걸 알지 못했던 거야, 미헬?"

그녀는 웃음을 터뜨렸다.

"물론 알아. 당연히 알고 있다고."

덩어리는 완전히 사라져 버렸다. 속이 무척 편안했고 기분 좋게 따뜻했다. 에바는 두 손을 탁자 위로 올렸다. 콜라잔을 움켜쥐고 있던 왼손을 탁자 가운데로 멀리 뻗었다. 그리고 주먹을 쥐고 허벅지에 올려놓았던 오른손은 펴서 탁자에 놓인 미헬의 두 손 가까이에 놓았다.

"그렇긴 하지만, 네가 뚱뚱하든 어떻든 프랑크 형이 조금도 상관할 일이 아니라고."

그가 그녀의 손을 잡았다.

그들은 강을 따라 걸어갔다.

"나는 이제 곧 떠나. 얼마 남지 않았어."

에바가 고개를 끄덕이고 물었다.

"나에게 편지 쓸 거야?"

"당연하지. 너도 쓸 거지?"

미헬이 한쪽 팔로 그녀를 감쌌다. 에바는 웃으면서 지나가는 사람들의 얼굴을 똑바로 쳐다보았다. 그녀는 큰 소리로 외치고 싶어 죽을 지경이었다. '이쪽을 보세요. 다들 이쪽을 보시라고요! 내게 누군가가 있어요. 나, 뚱보 에바에게 남자 친구가 있어요.'

그들은 녹지에서 빠져나와 강변을 따라 자갈과 이끼 낀 돌들을 밟고 걸어갔다. 에바는 천천히 조심스럽게 걸었다. 무슨 일이 벌어질지 알고 있었기 때문이다.

그들은 어떤 낚시꾼과 마주쳤다. 낚시꾼은 꼼짝 않고 서서 줄에 달려 물의 흐름을 따라 바깥쪽으로 멀리 떠내려가는 희고 붉은 찌를 자세히 살피고 있었다.

그 후로는 아무도 나타나지 않았다.

미헬이 앞장서서 덤불들 사이로 길을 내고 잔가지들을
옆으로 젖혀 주었다. 조그만 공터에 도달해서 그들은 풀밭
에 앉았다. 에바는 풀줄기 하나를 꺾어 잘근잘근 씹어 보았
다. 쓴맛이 났다. 미헬이 물었다.

"네 엄마는 네가 나와 함께 있다는 걸 알고 계셔?"

"아니, 여자 친구 집에 있다고 생각하실 거야."

미헬이 웃으며 말했다.

"나도 집에 아무 말도 하지 않았어, 일로나 때문에."

"그 애는 아직도 그 모든 일이 나 때문이라고 생각하고
있니?"

"응. 그 애는 프랑크 형을 무척 좋아하거든. 이유는 나도
몰라."

"그 애가 넌 좋아하지 않는 거야?"

"아니. 나도 좋아하기는 해."

그들은 풀밭에 나란히 누웠다. 곁에 바짝 붙어서.

에바는 목에 와 닿는 미헬의 숨결에, 자신의 몸을 쓰다듬
는 그의 손길에 무방비로 내맡겨져 있었다.

"안 돼. 하지 마. 아직은 안 돼."

그녀는 몸을 일으켰다.

"난 하고 싶지 않아. 지금은 아니야."

"하지만 넌 내 여자 친구잖아. 난 너의 남자 친구고. 넌
날 두려워할 필요가 전혀 없다고."

미헬이 난감해하며 말했다.

두려움? 이것이 두려움 때문이라고?

그녀는 자신의 다리 위에 기어 다니는 딱정벌레를 엄지와 검지로 조심스럽게 잡아 다시 풀밭에 내려놓았다. 그런 다음 다시 미헬 옆에 팔다리를 쭉 뻗고 누웠다.

"햇빛에 눈이 부셔."

"이제는 아닐걸."

미헬이 자신의 얼굴을 그녀의 얼굴 위로 겹쳤다. 에바는 뒤영벌 한 마리가 윙윙거리며 스쳐 가는 소리를 들었다. 그들은 서로 키스를 했다. 이제 보니 미헬의 눈은 완전히 갈색은 아니었다. 눈동자 주변으로 회녹색 반점들이 나 있었다. 속눈썹은 또 얼마나 긴지! 에바가 말했다.

"난 이렇게 하는 게 좋아. 너와 함께 이렇게 누워 있기만 하는 거."

미헬이 그녀를 쓰다듬었다. 이놈의 손! 에바는 눈을 감고 누워 있었다. 미헬이 말했다.

"너 정말 예쁘구나."

눈을 감고 있어도 깜깜한 것이 아니었다. 눈앞에서 붉은 원들이 터지며 푸르스름한 안개 속으로 불꽃들을 흩날렸다. 에바가 말했다.

"안 돼. 난 이러고 싶지 않아. 지금은 아니야. 이런 식으로는. 무엇 때문인지는 몰라도 난 두려워."

미헬은 아무 대답도 하지 않았다. 그녀는 팔로 그를 밀치며 버렸다. 그가 그녀에게서 미끄러져 내렸다. 그는 이미 그녀를 꼭 껴안고 있던 상태여서 몸을 바짝 붙이고 옆에서 다리 쪽으로 밀고 들어왔다. 에바는 겁에 질려 생각했다. '마치 개 같군. 개와 똑같아.'

그녀는 이 적나라한 얼굴, 욕망에 사로잡혀 어쩔 줄 몰라 하며 눈을 감고 있는 이 낯선 얼굴을 보았다. 그리고 벌어진 입술, 광대뼈 위로 팽팽하게 당겨진 피부, 약간 고르지 못한 이들을 보았다. 송곳니가 튀어나와 있었다. 매우 얇은 콧방울은 벌렁거리고 있었다. 에바는 이런 적나라한 얼굴은 한 번도 본 적이 없었다. 미헬은 심하게 숨을 헐떡이고 있었다.

에바는 별안간 이 상황이 곤혹스럽게 느껴져서 빠져나오려 했다. 그러나 그녀를 꼭 껴안고 있던 미헬은 얼굴을 그녀의 가슴에 파묻고 신음 소리를 냈다.

그러다가 그는 그녀를 놓아주었다. 그는 몸을 돌려 배를 깔고 얼굴을 옆쪽으로 돌린 채 말없이 엎드려 있었다.

에바는 일어나 앉았다. 그녀는 어찌해야 좋을지 몰랐다. 자신이 뭔가 잘못한 게 있나 싶었고, 지금 미헬이 무슨 생각을 하고 있는지도 몰랐다. 그녀는 슬펐다. 그녀는 옆에 있는 덤불을 살펴보았다. 저게 무슨 종류였더라? 가시들과 작고 흰 꽃봉오리들. 왜 생물 시간에 더욱 주의를 기울이지 않았을까? 왜 미헬은 아무 말도 않는 걸까? 그녀는 일로나를 떠올렸다. 일로나는 프랑크의 머리를 얼마나 다정하게 붙들고 있었던가.

에바는 몸을 돌려 미헬을 살짝 흔들었다.

"너 지금 화났니?"

잠시 침묵이 흘렀다.

"난 그럴 수가 없어. 그렇게 성급하게 하는 건 싫어. 난 두려워. 왜 그런지는 모르지만. 그건 너무……."

그녀는 자신의 불편한 마음을 표현할 적당한 말을 찾아보았지만 떠오르지 않아 입을 다물었다.

"괜찮아."

미헬이 말했다.

"그렇다면 안 하면 되는 거지. 어차피 네가 다른 애들과 같지 않다는 건 알고 있었으니까."

"어쩌면 나도 앞으로는 그렇게 될지도 몰라. 차츰 배우게 될지도 모르지."

16

"너희들에게 전해 줄 새로운 소식이 있어."

호흐슈타인 선생님이 말했다.

"9학년에 추가로 한 반이 늘게 되었어. 다섯 명이 지금의 반에서 새 반으로 옮겨 가야만 해. 되도록 자발적으로 신청하는 학생들이 있으면 좋겠지."

"왜죠? 왜 갑자기 9학년에 한 반이 더 생긴다는 거예요?"

반장인 수잔네가 물었다.

"한 반에 학생 수가 너무 많아졌다는 건 너희들도 알 거야. 서른일곱이라니! 학생 수가 줄어들면 너희들에게 훨씬 좋을 거야. 그럼, 거기에 관해 잘 생각해 보고 의논도 좀 해 봐. 어려움이 있다면 내일 토론 시간을 갖도록 하자."

에바는 아주 조용히 앉아 있었다. '서른일곱 명이라. 당연히 서른일곱은 너무 많아. 하지만 서른두 명보다 훨씬 많은 것도 아니야. 그리고 우린 지금까지 꽤 오래 함께 지내 왔어. 거의 5년 동안이나. 이런 상황에서 무작정 다섯 명이 나가야 한다고 말할 수는 없지. 다섯 명은 누가 될까? 누가 나가지?'

그녀는 맨 뒷줄에 있는 자기 자리, 프란치스카의 옆자리에서 노트 위로 고개를 숙이고 있는 반 아이들의 머리를 보았다. 자를 집으려고 내뻗는 손들, 연필과 컴퍼스를 쥐고 있는 손들을 보았다. 컴퍼스 바늘을 종이에 꽂을 때 '푹' 하고 나는 희미한 소리, 연필이 종이 위로 가볍게 끌리는 소리, 책장을 넘기며 바스락거리는 소리도 들었다.

크리스티네가 기침을 했다. 벌써 일주일 내내 기침을 했다. 지금은 한여름인데 어쩌다가 저렇게 감기에 걸렸을까? 하이디와 모니카는 병이 났다. 하이디는 벌써 3주 넘게 결석 중이었다. 대체 어디가 아픈 거야? 왜 아무도 그런 걱정을 하지 않지? 잉에는 그녀에게 숙제를 전해 주었을까? 그들은 바로 옆집에 살잖아. 그렇지만 사실 잉에는 브리기테와 니나와 항상 붙어 다니는데.

"문제 b에서는 대체 어떤 각도를 말하는 거야?"

막시가 물었다.

"당연히 알파 32도지."

그녀 뒤편에서 이름가르트가 대답했다. 이름가르트는 장밋빛 새 블라우스를 입고 있었다. "이 색상이 유행할 거래." 옷 문제에 있어서는 전문가인 카롤라가 그렇게 장담했었다.

누가 자발적으로 반에서 나가게 될까?

근시가 워낙 심해 맨 앞줄에 앉아 있는 아그네스는 반에서 키가 가장 작아 열두 살짜리 아이처럼 보였다. 그녀는 늘 청바지와 티셔츠만 입고 다녀서 어느 날이건 똑같아 보였다. 부모님에게 돈이 없는 걸까? 클라우디아와 루트는 서로 낮게 속삭이고 있었다. 그들은 결코 떨어지지 않을 것이다. 5학년 때부터 이미 서로 친구로 지내고 있었다. 우정이 유지되어 온 사실상 유일한 단짝이었다. 마야와 안나는 오래 함께 지내 왔지만 지금은, 마야는 이네스와 그리고 안나는 수잔네와 어울려 다녔다.

반에서 자발적으로 나가는 사람이 아무도 없다면 대체 어떻게 되지? 체육 시간에 팀을 짜던 일이 그녀의 머릿속에 떠올랐다. 마지막에 가서야 선택된 그런 학생들이 떠나야 하는 건가?

다른 아이들은 어떻게 생각하고 있을까? 다들 에바 자신이 자발적으로 떠나 주기를 기대하고 있을까?

'내가 왜? 난 떠나지 않을 거야. 난 모든 애들을 알고 있어.' 알렉산드라는 외톨박이였다. 그리고 자비네 카를도. 자비네 카를을 좋아하는 학생은 없었다. 대체 왜 좋아하지 않는 거지? 다들 이제 자비네 카를이 나가 주기를 바라게 될까?

에바는 울컥 치솟는 슬픔과 절망감을 억누르려고 애썼다. '내가 단지 모든 애들을 알고 있기 때문만은 아니야. 알고 있다는 게 다는 아니라고. 어떤 다른 게 더 있어. 나는 여기, 이 반에 속해 있잖아.'

카롤라가 과제를 푸느라 앓는 소리를 냈다. 그녀가 떠나기를 바라는 사람은 아무도 없을 것이다. 카롤라, 레나, 밥시, 티네, 자비네 뮐러는 똘똘 뭉쳐진 패거리였다. 모두가 예쁘고, 쉬는 시간에는 늘 붙어 다녔다.

아무도 자발적으로 나가려 하지 않는다면 앞으로 어떤 일이 벌어질까? 그것을 합의로 결정할 수 있을까? 아니면 비밀 투표를 통해? 에바는 몸이 으스스 떨려 왔다.

"에바, 넌 오늘 공부할 의욕이 없나 보구나. 그렇지 않니?"

호흐슈타인 선생님이 물었다.

카롤라가 큰 소리로 웃더니 말했다.

"저도 그래요. 언제나 말이죠."

"이제 곧 방학이야. 그때 가서 충분히 쉬면 되잖아."

호흐슈타인 선생님이 대답했다.

에바는 얼굴이 빨개져서 얼른 컴퍼스를 집어 들었다.

쉬는 시간이 되자 9학년 b반 여학생들 모두가 웅성웅성 모여들었다.

"왜 난데없이 누군가가 반에서 나가야 한다는 거야? 그건 말도 안 된다고 생각해."

평소 말수가 적었던 카트린이 말했다.

"나도 그래. 자발적으로 나가려는 사람이 어디 있겠어?"

수잔네가 물었다.

"난 아무렇지도 않아. 어차피 친한 친구가 a반에 있으니까. 그 애도 지원한다면 내게는 딱이야."

이 말을 한 학생은 잉그리트였다.

"네가 무작정 우리 곁을 떠나겠다는 건 좋지 않다고 생각해."

"뭐, 그런 건 아니고. 하지만 그래도 누군가가 나가야 한다잖아!"

이때 에바가 말했다.

"우리는 그걸 순순히 받아들여서는 안 돼. 거부해야 해. 어느 누구도 반에서 나가도록 강요할 순 없어. 벌써 거의 5년이나 함께 지내 왔던 반에서 말이야."

"맞아. 에바 말이 옳아. 우린 그걸 순순히 받아들이지는 않을 거야. 만약 누군가가, 예를 들어 다른 반에 친한 친구가 있어서 스스로 원한다면, 그건 괜찮아. 하지만 강요해서는 안 돼지."

"하지만 만약 교장실에서 일방적으로 결정을 내린다면?"

아그네스가 물었다.

"그러면 우리 모두 수업 거부를 해야지."

"어떻게?"

"그렇게 멍청하게 굴지 마. 학교에 아예 나오지 않거나 아니면 벤치에 앉아서 수업을 듣지 않는 거지. 분명 뭔가 좋은 생각이 떠오를 거야."

"벤치에 앉아서 수업을 듣지 않는 게 가장 좋겠어."

에바가 말했다.

"우리는 아무튼 반에서 나가지 않을 거야, 나와 에바는. 우린 그렇게 못 해."

프란치스카가 아주 큰 소리로 말했다.

"멍청한 애가 자기 이름을 가장 먼저 대는 법이지."

카롤라가 프란치스카를 다정하게 슬쩍 찔렀다.

이 말에 에바는 마음이 아주 기쁘고 따뜻해졌다. '우리는 나가지 않을 거야, 나와 에바는.' 에바가 제안했다.

"우리는 내일까지 항의 편지를 하나 작성해야 해. 반대하는 이유들을 전부 넣어서. 그리고 교장실에서 결정을 내리려 한다면 우리가 단호히 거부할 각오가 되어 있다는 점도. 그 항의 편지에 우리 모두가 서명을 해서 교장실에 제출하는 거야. 그리고 토의 시간에도 응하지 않는 거지."

수잔네가 찬성하며 에바의 어깨를 두드렸다.

"좋은 생각이야, 에바."

크리스티네가 또다시 기침을 했다. 그러자 에바가 물었다.

"어쩌다 그런 심한 감기에 걸렸니, 이런 한여름 날씨에?"

"내가 바보짓을 했거든. 저녁에 부모님과 산책을 나갔는데, 새로 산 옷을 입고 있어서 재킷을 위에 걸치지 않으려 했어. 날씨가 쌀쌀했는데도 말이지. 그런데다 비까지 내리기 시작한 거야."

"멋 부리려다 얼어 죽는다더니."

크리스티네가 웃으며 물었다.

"넌 그런 멍청한 짓은 안 해 봤지?"

에바는 아니라고 말해야 했을 것이다. 아니, 난 늘 외투를 걸치는 걸 좋아해, 그러면 날씬해 보이거든. 그러나 그녀는 이렇게 말하고 말았다.

"나도 해 봤지, 물론."

"그럼, 어쩌지? 누가 항의 편지를 작성할 거야?"

수잔네가 묻자 카롤라가 대답했다.

"에바가 작성해야지. 에바가 분명 가장 잘할 수 있을 거야."

"나도 그렇게 생각해. 네가 할 거지, 에바?"

에바는 기쁜 마음에 얼굴이 붉어졌다.

"좋아. 하지만 아마 여럿이서 함께 초안을 만드는 게 더 좋을 거야."

프란치스카가 나섰다.

"내가 함께 하지. 그리고 수잔네도 동참해야 해, 또 안나도."

"오케이. 어디서 만날까?"

"4시에 우리 집에서. 다들 동의하는 거지?"

프란치스카는 정말로 기뻐하는 것 같았다. 이렇게 덧붙여 말했기 때문이다.

"정말 마음에 드는 일이야."

집으로 오는 길에 에바는 혼자 큰 소리로 휘파람을 불었다. 놀라 휘둥그레진 눈으로 쳐다보는 한 할머니에게 그녀는 행복한 미소를 지어 보였다. '나는 할 일이 있어. 할 일이 있다고. 오늘 4시에 프란치스카네 집에서. 그리고 누구도 반에서 나가는 일은 없을 거야! 누구도. 나 자신도!'

밤에 침대에 누워서도 에바는 오랫동안 잠들 수가 없었다. 얼마나 멋진 날이었던가! 흥분되고 평소와는 전혀 다른 날이었다. 맨 첫 번째 일은 학교에서의 의논이었다. 다른 아이들이 그녀와 이야기를 나누었다. 늘 그래 왔다는 듯이, 그녀가 결코 외톨이로 지내지 않았다는 듯이 말이다. 그들은 그녀와 이야기를 나누었을 뿐더러 그녀의 말을 귀담아듣기까지 했다. '좋은 생각이야, 에바.' 하고 수잔네는 말했다. 그리고 카롤라는 이렇게 말했다. '에바가 작성해야 해. 에바가 분명 가장 잘할 수 있을 거야.'

에바는 다시 한 번 창가로 다가가 어둠 속을 바라보았다. 그리 멀리 떨어지지 않은 곳에 프란치스카가 살고 있었다. 아마 걸어서 10분 정도일 것이다. 프란치스카는 아름다운 옛날식 주택에서 살았다. 처음에 에바는 매우 어색해서 말도 별로 하지 않았다. 그러나 수잔네와 안나가 오자 분위기는 아주 가벼워졌다. 그들 네 사람은 탁자에 둘러앉아 이야기를 나누고 웃고 글을 적었다. 아무도 이렇게 말하지 않았다. '에바가 나가야 해. 우리는 에바를 원하지 않아.' 오히려 정반대였다. 그들은 떼려야 뗄 수 없는 패거리였다. 카롤라, 레나, 밥시, 티네, 자비네 뮐러가 그렇듯이. 그것은 멋진 일이었다.

수잔네는 이렇게 말했었다.

"우아, 에바. 난 늘 네가 우리에게 조금도 관심이 없다고 생각했었어. 네가 우리와 어울리길 꺼린다고 생각했지 뭐야."

에바는 밤하늘을 향해 미소를 지었다. 그리고 큰 소리로 말했다.

"나도 너네랑 한 반이야. 나도 다른 애들처럼 너희와 함께 있다고. 난 우리 반에 남을 거야. 프란치스카와 수잔네와 안나 곁에. 그리고 카롤라 곁에. 내가 왜 나가야 해? 난 너희랑 한 반인데."

바깥은 칠흑같이 캄캄했다. 저기 어딘가에, 10분 거리밖에 되지 않는 곳에 프란치스카가 자고 있었다.

에바는 다시 침대로 갔다.

17

에바는 옆쪽 출입구를 통해 중앙역으로 들어섰다. 그녀는 사람들의 눈에 별로 띄고 싶지 않았다. 아직 너무 이른 시간이라 아무도 자신을 볼 수 없다는 것을 잘 알고 있었지만 그랬다. 그 기차가 출발하기까지는 1시간도 더 남아 있었다. 정확히 1시간 12분 하고도—그녀는 시계를 쳐다보았다.—27초 후에 출발할 것이다.

시계 바늘이 한 번 째깍 움직이자 26초, 한 번 더 움직이자 25초 후로 다가오고 있었다.

시끄러운 소리, 외치는 소리, 끼익거리는 소리, 사람 목소리, 어디서나 사람 목소리가 들렸고, 어디서나 사람들로 넘쳐 났다. 그리고 냄새도 났다. 기차역 특유의 냄새, 자극적인 금속 냄새, 오물 냄새, 패스트푸드점의 그릴에 굽는 소시지 냄새, 감자튀김 냄새. 뜨거운 기름은 역한 냄새를 풍겼다.

선술집의 외다리 탁자 곁에서 비틀거리는 한 남자가 손으로 붙들 곳을 찾으며 그녀를 향해 외쳤다.

"원하는 게 있니, 꼬마야?"

에바는 재빨리 지나가면서 짧고 약하게 숨을 쉬려고 노력했다. 땀과 맥주 같은 시큼한 냄새가 몸으로 들어오는 게 싫어서였다. 그녀는 '출발'이라는 커다란 안내판 앞에 멈춰서서 눈으로 한 줄 한 줄 샅샅이 훑어보았다. 14시 16분 뮌헨 출발, 22시 25분 함부르크 도착, 25번 승강장.

어떤 여자가 에바 곁을 지나갔다. 키가 무척 크고 매우 날씬한, 아름다운 여자였다. 그 여자한테서 은방울꽃 냄새가 났다. 아니면 제비꽃 냄새? 은방울꽃은 어떤 냄새가 나고 제비꽃은 어떤 냄새가 나지? 에바는 기억을 떠올릴 수 없었다. 문득 자신은 볼품도 없는 데다 땀에 젖어 있다는 느낌이 들었다. 왜 이 연붉은색 블라우스를 입었을까! 너무 일찍 따서 더 이상 익지 않을 토마토처럼 연붉은색이었다. 빨갛게 익지도 않고 썩어 버릴 토마토. 더구나 이 블라우스는 땀이 조금이라도 나면 자국이 훤히 보였다. 일부러 살펴보지 않아도 그녀는 겨드랑이 쪽에 어떤 자국이 나 있을지 알고 있었다. 울퉁불퉁하게 번진 짙은 자국.

그녀는 팔을 구부려 몸에서 약간 떨어지게 했다. 사람들이 알아볼 수는 없지만 그래도 겨드랑이 사이로 공기가 통할 정도로 아주 살짝만 벌렸다. 어쩌면 땀이 마를지도 모르니까.

날씨가 이렇게 후텁지근하지만 않다면. 뚱뚱한 사람은 마른 사람보다 땀을 훨씬 더 많이 흘리는 법이다.

떠들썩한 소리가 정말 심했다. 에바는 소음을 몹시 싫어했다. 소리는 밀려들어도 피할 수가 없었다. 귀를 닫아 버릴 수 있는 사람은 없다. 누구나 소리에는 무방비로 내맡겨져 있다.

아직 1시간 하고도 3분이 남았다.

땀방울이 그녀의 관자놀이를 거쳐 뺨을 타고 내려와 그것을 훔쳐 내기 위해 내밀던 손으로 떨어졌다.

그들은 언제쯤 올까? 그들 모두가 나타날까. 아빠, 엄마 그리고 여덟 명의 남매들이? 아니, 여덟 명이 될 수는 없어. 프랑크는 아직 병원에 누워 있으니까.

"프랑크 형은 아직, 좀 더 시간이 걸릴 거야."

미헬이 말했었다. 어제, 서로 작별 인사를 나누면서.

그녀는 'M'자가 새겨진 가는 은 목걸이를 그에게 작별 선물로 주었다. 미헬은 이렇게 말했었다.

"'E'자를 새겼어야지. 에바의 'E'자 말이야. 왜 'E'자를 새기지 않았어?"

그들은 공원 벤치에서 서로 꼭 껴안은 채 앉아 있었다.

"나에게 편지 쓸 거야, 에바?"

"그래, 미헬."

그들은 키스를 했다. 몹시 슬픈 마음으로.

"에바, 넌 내 여자 친구로 남아 줄 거지?"

에바는 슬픔을 느꼈다. 찌르는 듯한 아픔이 살짝 스쳐 갔다. 그것은 또 그녀의 가슴에 난 조그만 구멍이기도 했다. '미헬'이라 불릴.

"넌 다른 여자애들도 사귀게 될 거야. 함부르크에서 넌 많은 여자애들을 사귀겠지."

"넌 머리카락이 정말 예쁘구나."

미헬이 이 말을 하며 자신의 얼굴을 그녀의 머리카락에 파묻었다. 그의 숨결은 따뜻했다.

에바는 역 구내 레스토랑으로 들어가 25번 승강장을 지켜볼 수 있는 탁자 곁에 앉았다. 콜라 한 잔에 80칼로리. 그녀는 젤터 탄산수를 시켰다. 미헬은 위버킹어 미네랄워터를 마실 때면 늘 아주 요란하게 트림을 했었지.

미헬은 언제나 돌아올까? 그건 자신도 알 수 없었다. 언제 첫 출항에 나설지도 몰랐다.

"그 모든 건 삼촌이 알아서 하실 거야."

"너도 누굴 기다리니?"

어떤 노부인이 에바의 탁자에 마주 앉으면서 물었다. 에바는 망설이다가 머리를 흔들며 말했다.

"아뇨, 꼭 그런 건 아니에요."

노부인이 핸드백을 허벅지에 올려놓다가 에바의 시선을 알아차리고서 말했다.

"늘 조심해야 한단다. 신문에 그런 일이 끊임없이 나오니까."

종업원이 왔다.

"커피 한 잔 하고 치즈크림 케이크 한 조각 줘요."

주문을 마친 노부인이 에바 쪽으로 고개를 돌리고 말을 이었다.

"난 말하자면, 딸을 기다리고 있단다. 휴가를 떠나기 전에 우리 집에서 며칠 지내러 오는 거지."

에바는 고개를 끄덕였다. 그러지 않고 달리 어쩌겠는가? 그녀는 짜증이 났다. 차라리 혼자 있고 싶었다.

시간은 아직 38분이나 남아 있었다. 기차는 이미 대기 중이었다.

"난 그러니까, 이곳에서 혼자 살고 있단다."

노부인의 목소리가 너무나 애절하게 들려서 에바는 약간 놀라며 쳐다보았다.

"남편이 저세상으로 먼저 가 버린 후로는."

노부인은 냅킨으로 눈물을 닦아 냈다.

방금 전에 짜증을 냈던 에바에게 후회가 밀려왔다.

"그런 거란다. 나이가 들면 다들 혼자가 되지."

노부인이 티스푼으로 커피를 저었다.

"그런데 따님은 어디서 사시나요?"

이렇게 물어보며 에바는 종업원을 향해 손짓을 했다.

"프랑크푸르트에서 살지."

"그렇다면 정말 멀리 떨어져 사시는군요."

에바는 계산을 하기 위해 2마르크짜리 동전을 찾아보았다.

"이만 실례할게요. 따님이 빨리 오셨으면 좋겠네요."

그녀는 〈쥐트도이체차이퉁〉 한 부를 산 후에 눈에 띄지

앓게 승강장을 지켜볼 수 있는 자리를 찾아보았다.

　오후 1시 55분이었다. 그들이 왔다. 에바는 신문 판매대 뒤로 한 걸음 더 물러나 신문으로 얼굴을 반 정도 가렸다.

　미헬은 짙은 색 바지에다 흰 셔츠를 입고 있었다. 그는 크고 누르스름한 마분지 트렁크를 끌면서 왔다. 그의 아빠가 여행용 가방을 하나 더 들고 왔다. 에바는 그들 모두를 호기심 어린 눈길로 관찰했다. 아빠는 중키에다 말랐고, 피부는 그을려 있었다. 덥수룩한 콧수염에 머리는 중간 정도 길이였다. '저분은 다정해 보이는군.' 하고 에바는 생각했다. 양복에 빨간 나비넥타이를 찬 모습에서 약간 허세가 있어 보였지만 그래도 호감이 갔다.

　엄마는 어린애를 팔에 안고 있었는데, 금발 머리에 두 살쯤 되어 보였다. 다른 남자아이 두 명은 신이 나서 승강장에서 이리저리 뛰어다니고 있었다. 축제 때 입었던 것과 같은 원피스를 입은 뚱뚱하고 동작이 느린 일로나가 엄마한테서 어린애를 받아 안았다.

　미헬은 그렇게 가족들 한가운데 있으니 전혀 달라 보였다. 더 어려 보여서 어린 꼬마 같았다.

　아빠가 트렁크와 여행용 가방을 열차에 올려 주었다. 엄마가 미헬을 끌어안았다. 엄마는 키가 크고 건장해서 뚱뚱하다 해도 좋을 정도였다. 그녀의 품에 감싸인 미헬은 거의 보이지 않았다. 어린애가 울기 시작하자 엄마가 아이를 다시 받았다. 일로나는 손으로 오빠의 얼굴을 쓰다듬었다. 에바는 이번에도 그 애의 친밀한 손길에 놀랐다. 속에서 질투

심이 울컥 솟아올랐다. '저 애가 어떻게 미헬을 저런 식으로 만질 수 있지? 나만 그럴 수 있는 건데.'

그러나 동시에 자신은 그럴 수 없다는 것을 알았다. 미헬에게 그럴 수는 없었다.

에바는 오래전에 이미 신문을 내려뜨리고 있었다. 미헬은 이쪽을 건너다보지 않았다. 그는 일로나를 껴안고 나서 머리를 쓰다듬어 주었다. 어린애를 팔에 안은 엄마가 나머지 한 손으로 눈물을 닦아 냈다. 미헬은 서로 껴안고 키스를 하고 눈길을 주고받고 말을 나누느라 정신이 없었다.

'화목한 가족들이군. 서로를 정말 사랑스럽게 대해 주잖아. 우리 가족들은 결코 저렇게 키스를 많이 나누는 일은 없을 거야.'

내가 언제 베르톨트에게 마지막으로 키스를 했었지? 기억해 낼 수가 없었다. 베르톨트가 그것을 좋아하기나 할지도 몰랐다.

남자아이 두 명이 승강장 반대편에서 다시 돌아왔다. 그들은 짐수레 하나를 구해 한 명은 밀고 다른 한 명은 거기에 타고 있었다. 그들은 웃고 손짓하며 사람들 사이를 헤치고 지나갔다. 한 명은 미헬과 약간 비슷해 보였다. 자유분방하고 구김살 없는 얼굴이었다.

승강장은 사람들로 가득 찼다. 어디서나 서로 작별을 나누는 사람들이 몰려서 있었다. 그러는 사이에 시간은 2시 10분이 되었다. 아직 6분이 남았다. 아 미헬. 에바는 슬펐다. 난 널 사랑할 수도 있었는데, 만약……! 만약 어쨌다고?

그녀는 몸을 돌려 걸어갔다. 다리가 약간 뻣뻣하고 눈이 따가웠다. 그러나 더 이상 돌아보지 않았다. 미헬이 그녀에게 편지를 보낼 것이다, 꼭. 그리고 그녀도 답장을 쓸 것이다. 아직 끝난 것은 아니었다. 아직은 아니었다.

역 광장에 카페가 하나 있었다. 에바는 안으로 들어가 빈 탁자에 앉아 커피 한 잔과 케이크 한 조각을 주문했다. 치즈 크림 케이크로.

18

얼마나 멋진 날인가! 에바는 살아오면서 느리게 지나가는 날들이 너무나 많았다. 지루하고 끈질기게, 힘들고 피곤하게 이어지는 몇 분이 흐르다가 마침내 한 시간이 채워지는 그런 날들이. 그런 날에는 아무런 일도 일어나지 않고 마치 세상이 정지된 것처럼 보였다. 혹은 더 정확히 말해 끈적끈적하고 투명한 덩어리 속에서 금방이라도 질식할 것만 같았다. 그런 날에 에바는 느리게 움직였고, 자신이 움직인다는 사실을 깨닫지도 못했다. 그런 날에는 평소의 단조로움 외에 아무 일도, 전혀 아무 일도 일어나지 않았다. 환한 광채도, 밋밋하게 반복되는 일상에 한 점 밝은 부분도, 눈길도, 미소도, 지나가는 말이나 접촉도 없었다.

그러다가 오늘과 같은 날이 온 것이다.

날씨가 특별히 좋았던 것도 아니었다. 실제로 날씨는 음산한 편이었고 구름이 끼어 있었다. 그러나 에바가 아침에 창문을 통해 이 흐릿한 아침을 내다보았을 때 이미 피부가 간질거리는 것을 느꼈다. 여름 아침의 서늘함을, 신선하고 차가운 공기를 느꼈다. 그녀는 숨을 깊이 들이쉬었다.

그라버 씨 노부부, '착한 딸'을 가진 그라버 씨 노부부가 살고 있는 맞은편의 주택 단지는 하늘이 우중충해서 거의 보이지 않았다. 하늘과 건물은 같은 색을 띠고 있었다. 그 잿빛의 농도는 당연히 달랐지만, 에바는 그것을 확인하기 위해 두 번이나 살펴보아야 했다. 그것은 이상한 회색, 부드럽고 포근하고 감싸 주는 듯한 회색이었다.

에바는 창가에 서서 오랫동안 밖을 내다보았다.

아침 식사 때 아빠가 지갑을 꺼내 에바에게 100마르크짜리 지폐 한 장을 건네주었다.

"받아라. 사고 싶은 게 있거든 사라. 이건 용돈과 별개니까. 왜냐하면 올해 휴가는 물 건너갔기 때문이란다."

베르톨트가 접시에서 눈을 떼고 쳐다보았다.

"너도 얼마간 줄 거야. 내일, 이름가르트 숙모 집에 갈 때 말이다."

베르톨트는 고개를 끄덕이고 빵에 송아지 간 소시지를 올렸다.

"물론 100마르크까지는 아니야. 넌 이제 겨우 열 살이니까. 에바 누나와는 조금 달라야겠지."

"네."

베르톨트가 말했다.

에바는 100마르크짜리 지폐를 받아 자신의 접시 밑에 끼워 놓았다.

"고마워요, 아빠."

"뭘 살 거니?"

엄마가 물었다.

"아직 잘 모르겠어요. 오늘 시내에 나가 볼 거예요. 어쩌면 내가 원하는 걸 찾게 될지도 몰라요."

그녀가 방 청소를 하고 LP판을 정리하고 있을 때 엄마가 들어왔다.

"너에게 온 우편물이다, 에바."

엄마는 에바에게 엽서 한 장을 내밀고서 궁금한 듯 계속서 있었다.

에바는 엽서를 받아 책상 위에 올려놓았다. 그리고 비틀즈 판들을 보관대에 가지런히 꽂았다.

"정 그렇다면, 관두렴."

엄마는 다시 부엌으로 돌아갔다.

에바는 엽서를 집어 들고 뒤집어 보았다. 거기에는 어린애 같은 글씨로 또박또박 이렇게 적혀 있었다.

"에바에게! 함부르크는 아주 멋진 곳이야. 난 이제 막 도착했어. 네가 없어서 아쉽다. 곧 다시 연락할게. 미헬."

에바는 웃었다. 대단한 내용은 아니었지만, 그가 도착 후에 곧바로 자신을 생각했다는 사실이 기뻤다.

그녀는 큰 소리로 노래를 부르며 방 청소를 마쳤다.

"엄마, 저 꽃 한 다발 사 올게요. 나가는 김에 사다 드릴

게 있나요?"

"우유 2리터 하고 소금 500그램 그리고 사과도 여섯 개. 우유죽을 끓일 거야."

에바는 1마르크 80페니히에 파는 들꽃 한 다발을 골랐다. 그녀는 결심했다. '다음 주에는 급행열차를 타고 어디든 가서 산책이라도 해야겠어.' 그녀는 머릿속으로 들판을 그려 보았다. 언덕을 이룬 들판일 거야. 햇빛이 내리쬐고 꽃들이 가득한 들판. 그 들판은 정말 화사할 거야. 그녀는 들판 한가운데에 누워서 파란 하늘을 바라볼 것이다. 꿀벌들이 그녀의 얼굴 위로 날아다닐 것이고, 가까운 숲에서는 뻐꾸기가 울 것이다. 뻐꾹뻐꾹, 뻐꾹아, 내가 앞으로 몇 년이나 더 살지 알려 주겠니? 일 년, 이 년, 삼 년, 사 년…….

'달걀과 굳기름, 버터와 소금, 우유와 밀가루, 사프란으로 케이크를 만들지, 안 그래?' 그녀는 계단을 따라 올라가며 노래를 불렀다.

엄마는 베르톨트와 함께 카우프호프 백화점으로 갔다. 베르톨트는 내일 이름가르트 숙모 집에 가려면 속옷과 새 고무장화가 필요했다.

에바는 차 끓일 물을 올려놓고 거실의 꽃들에 물을 주었다. 그때 초인종이 울렸다. 에바는 인터폰 스위치를 눌렀다. 아래서 출입문이 탕 소리를 내며 잠기는 소리가 났다.

"나야."

프란치스카가 말했다.

"집에만 있자니 따분해서."

"들어와."

밝은색 바지와 연노랑 셔츠를 입어 피부가 약간 갈색으로 비치는 프란치스카는 에바의 방에 앉아 있었다. 그녀는 등을 벽에 기대고 침대에 다리를 넓게 벌리고 앉아 있었다. '마치 고양이처럼 드러누워 있군, 아주 느긋하게. 좋아.'

"너, 수학 공부할 거야?"

에바가 묻자 프란치스카는 고개를 가로저었다.

"오늘 말고, 내일."

얼마나 멋진 날인가. 이 방에 누가 찾아온 것이 언제 적 일이지? 한 번도 없었나? 정말 한 번도?

프란치스카가 웃으면서 기지개를 켰다.

"음악 좀 틀어 봐!"

에바가 카세트테이프를 끼워 넣었다.

"네 방은 정말 아늑하구나. 정돈도 잘 되어 있고."

에바는 프란치스카의 방을 떠올렸다. 옛날식 주택의 널따란 방이었는데, 회칠이 된 천정과 아름답고 오래된 가구들이 있었다. 그 집 전체로 보자면 아름다웠지만 어수선해 보이기도 했다.

"너희 집이 난 훨씬 더 마음에 들어."

"난 그렇지 않아. 네가 가진 작고 아늑한 이런 방이 훨씬 더 아름다워. 너, 옛날식 집에서 자 본 적 있니? 없지? 그렇다면 넌 머지않아 내 방에서 한 번 자 봐야 해. 밤에는 여기 저기서 타닥거리고 삐걱거리는 소리가 나지. 정말 으스스해. 난 늘 밤에 잠에서 깰까 봐 겁이 나."

방금 프란치스카는 '넌 머지않아 내 방에서 한 번 자 봐야 해.'라고 말했다. 에바는 친구 집에서 자 본 적이 전혀 없었다. 에바가 이야기했다.

"어릴 적에 난 밤에는 종종 겁이 났어. 일어날 온갖 일들을 상상해 봤지. 도둑이나 강도가 들어올 수도 있고, 혹은 집에 불이 날 수도 있어. 그런데 실제로는 아무 일도 일어나지 않았어."

그러자 프란치스카가 말했다.

"그건 나도 알아. 난 그럴 땐 언제나 엄마의 침대 속으로 들어갔어. 아쉽게도 지금은 그러기엔 너무 커 버렸지만 말이야. 엄마 옆에서 자면 정말 좋았었는데."

"난 한 번도 엄마 옆에서 자 본 적이 없어. 그렇지만 내가 울면 매번 엄마가 건너와서 달래 주셨지."

꿀을 섞은 뜨거운 우유와 버터 바른 빵을 주거나 비스킷 두세 개. 또 상황이 아주 심각할 때면 초콜릿 한 판을 주셨지. 빌어먹을, 늘 먹을 거였어. '먹는 것은 좋은 일이야. 먹는 것은 모든 근심을 몰아내 준단다!'

에바는 일어서서 녹음기 쪽으로 갔다. 그녀는 걸어가면서 배를 살짝 집어넣었다.

"뒷면으로 돌릴까?"

에바가 물었다.

"응, 그래 줘."

에바는 카세트테이프를 돌려 넣었다. '머리를 감아야겠네. 오늘 저녁에는 무슨 일이 있어도 머리를 감아야겠어.'

그때 프란치스카가 말했다.

"네가 교장실에 보낼 항의 편지를 작성한 건 정말 잘한 일이야. 나는 네가 제대로 말하는 걸 처음으로 들었어. 아침에 학교에서 그리고 오후에 우리 집에 와서 한 말 말이야. 평소에 넌 거의 말을 안 하니까. 속에 든 말 한 마디 한 마디를 온갖 재주를 부려 끄집어내야 할 정도였잖아."

에바는 난처해져서 치마를 무릎 아래로 당겨 내렸다.

"난 정말이지 달변가는 아니야."

"하지만 넌 그렇게 될 수 있어. 넌 왜 반장이 되지 않은 거야?"

프란치스카가 갑작스럽게 치켜세우는 바람에 에바는 당황해서 몸을 돌렸다. 에바는 아무런 대답도 하지 않고 말없이 나가더니 부엌에서 차를 날라 왔다.

에바는 자신의 책장 앞에 서 있었다. 다른 책들 뒤편에 다이어트 책이 드러나지 않게 가로로 숨겨져 있었다. 확실히 숨길 곳을 찾기가 쉽지 않았기 때문이다.

에바는 서점에서 처했던 상황, 남몰래 다이어트를 시도했던 일, 누구도 알아차려서는 안 되는 그 모든 절망감을 떠올리며 망설이고 있었다. 하지만 잠시 후, 그녀는 그 책을 꺼내 들고 종종걸음으로 부엌으로 갔다. 엄마는 식탁에 앉아 신문을 읽고 있었다.

"엄마."

에바는 책을 식탁 위에 내려놓았다.

"저를 위해 다른 식으로 음식을 만들어 주실 수 없을까요? 살을 좀 빼고 싶어요, 가능하다면."

엄마가 놀라 고개를 들고 쳐다보았다.

"어째서? 네 남자 친구가 뭐라고 했니?"

에바는 머리를 좌우로 흔들었다.

"아뇨, 그 때문이 아니에요. 하지만 제 스스로 너무 뚱뚱하다는 생각이 들어요."

"그 정도면 괜찮아 보이는데. 그리고 네 몸이 그토록 부은 건 아빠한테서 물려받은 체질 탓이야."

"그리고 먹는 것 탓이기도 해요."

에바는 책을 도로 가져가려 했다. 그것이 더 쉬워 보였고, 그녀에게 다이어트가 정말 중요한 것도 아니었다. 그러나 남모르게 했던 행동들, 숨겨진 부끄러움을 떠올리고서 계속해서 이렇게 말했다.

"저도 제가 날씬해질 거라고는 믿지 않아요. 하지만 한 번 시도해 보고 싶어요. 그리고 더 이상 몰래 하지는 않겠어요. 몰래 음식을 먹지도, 몰래 굶지도 않을 거예요. 아뇨, 전 굶는 일은 더 이상 하지 않을래요. 그러나 조금이라도 달리 먹어 보는 건 어쨌든 해 볼 수 있잖아요."

엄마는 호기심에 차서 책을 집어 들고 책장을 이리저리 넘겨 보았다.

"물론이야. 물론 이런 걸 만들어 줄 수 있어. 저기 있잖니. 나도 함께 시작해 볼게. 손해 보는 일은 아니니까. 그리고 아빠에게는 더더욱 아니겠지. 마침 방학이고 하니, 실제로 해 보면 되겠구나."

엄마는 대단히 들떠 있었다.

"여기, 이 점심 메뉴 좀 봐. 구운 토마토를 곁들인 생선 필레 넵튠. 근사할 것 같은데. 이걸 오늘 해 줄까? 그리고 후식으로는 아이스크림 어때?"

"좋아요. 제가 엄마 대신 장을 봐 올까요?"

"함께 가면 되겠구나. 함께 가도 괜찮겠니?"

에바는 고개를 끄덕였다.

"좋아요. 함께 장도 보고, 또 함께 요리도 해요."

"그리고 아빠가 입맛에 맞지 않는다고 하면 음식점으로 쫓아 버리자."

에바는 웃었다.

"감히 그러실 수 있겠어요?"

엄마는 어깨를 들어 올려 보였다.

"어쩌면 못할지도. 하지만 너를 위해 네가 원하는 걸 만들어 줄 거야. 정말이야."

에바는 엄마의 목에 팔을 두르고 뽀뽀를 했다.

"아, 에바. 넌 나보다 더 잘 살아야 한다. 넌 더 야무지게 살아야 해."

19

에바와 프란치스카는 공부를 마치고 나서 시내로 갔다.

"내가 함께 가 줄까?"

프란치스카가 100마르크에 관한 이야기를 듣자 물었었다.

"나랑 같이 가. 나 쇼핑하는 거 좋아하거든."

"하지만 난 아직 뭘 사고 싶은지 전혀 모르겠어."

에바가 망설이며 대답했다. 프란치스카가 옆에 있는데 옷을 입어 보는 건 어떨까? 엄마와 쇼핑을 가는 것과는 약간 다른 문제였다. 엄마는 에바를 잘 알고 있고, 엄마는 에바의 커다란 가슴을 쳐다보지도 않았으며, 그녀의 엉덩이 치수도 알고 있었다. 프란치스카는 에바가 실제로 얼마나 뚱뚱한지 아직 전혀 모르는 게 아닐까? 에바가 바지를 입어 볼 때 뚱뚱한 몸매가 그녀의 눈에 유난히 띈다면?

에바는 청바지를 사려 했다. 차라리 책을 사야 하는 것이 아닐까? 원래는 바지와 블라우스를 사고 싶었다. 바지 없이 지낸 지가 너무 오래되었기 때문이다.

"바지는 지어 주지 않을 거야. 너무 손이 많이 가서 말이야. 바지는 사 입어야 한다니까."

슈미트후버는 이렇게 말하곤 했다.

"에바, 너에겐 어차피 맞는 게 없어. 차라리 원피스를 한 벌 사도록 해라. 주름치마, 위는 좁고 그 아래로는 주름 달린 거, 그게 너에게는 더 나아 보여. 그리고 가능하다면 짙은 색으로. 밝은색을 입으면 뚱뚱해 보이니까."

이것이 엄마의 생각이었다.

에바는 사람들이 웃을까 봐 두려워서, 시험 삼아 입어 보는 게 두려워서, 정말로 자신에게 맞는 치수가 없다는 걸 확인하는 것이 두려워서 고개를 끄덕였고, 또다시 새 치마를 사고는 했다.

"난 물건 고르기가 힘들어."

에바가 프란치스카에게 말했다.

"괜찮아. 난 기다려 줄 수 있으니까, 아주 오래. 우리 엄마도 까다로우셔. 하지만 내가 따라가면 좋아하시지. 내가 조언을 잘해 준다고 말씀하시면서."

"어쩌면 책을 살지도 모르겠어."

"100마르크어치나?"

두 사람은 전철을 타고 시내로 갔다. 프란치스카는 조그만 옷가게를 하나 알고 있었다. 그녀는 말했다. '아주 좋은

가게야. 그곳에 가면 분명히 마음에 드는 걸 찾게 될 거야.'

"넌 사이즈가 몇인데?"

에바가 전차의 덜컹거리는 소음을 가르며 물었다.

"인치로 몇이나 되냐고?"

"29인치나 28인치, 그건 옷 만드는 회사에 따라 달라."

"난 34인치나 36인치야."

에바가 말했다.

"뭐라고 했니?"

바깥 도로에서는 압축 공기를 이용하는 착암기가 요란한 소리로 아스팔트에 구멍을 내며 넓은 고랑을 파고 있었다. 프란치스카가 말했다.

"어딜 가나 이렇게 공사 현장들이니. 자기 말도 이제는 제대로 못 알아들을 정도야."

이전에 에바는 어떤 청바지 가게에 가서 약간 흥분도 되고 부끄러워하기도 하면서 옷을 입어 본 적이 있었다.

"34인치가 손님에게 너무 작다면 36인치를 한번 입어 보시지그래요."

그 여점원은 또 다른 동료와 대화를 나누고 있었다. 탈의실에 들어와 있던 에바는 그들의 말을 알아들을 수 없었다. 아주 조그만 소리로 이야기를 하고 있었기 때문이다. 그녀는 그들이 무엇 때문에 웃는지 알 수 없었다. 에바는 탈의실에 들어와 있었고, 등 뒤에는 오렌지색 커튼이 쳐져 있었다. 그녀는 거울 앞에 서서 청바지 지퍼를 억지로 올리려고 하고 있었다. 그리고 밖에서는 29인치가 몸에 맞을 게 확실한 그 여점원의 웃음소리가 났다. 34인치나 36인치 치수를 시험 삼아 입어 볼 필요가 없는 여자였다. 29인치라니. 에바가 언젠가 그 치수에 도달할 수나 있을까! 그녀는 탈의실에 들어와 있었고, 보통 때 오렌지색은 그녀에게 어울렸지만 그 커튼의 오렌지색은 정말 그녀에게 어울리는 색상이 아니었다. 억지로 힘을 주느라 얼굴이 벌게진 그녀는 지퍼를 끌어 올리려고 애쓰고 있었다. 그러나 잘되지 않았다. 꽉 끼어 움직이지가 않았다. 하지만 그녀는 사이즈가 29인치, 어쩌면 28인치가 될지도 모를 그 여점원을 불러 지퍼를 올리도록 도와 달라고 부탁할 엄두가 나지 않았다.

나중에 에바는 계산대로 가서 34인치짜리 청바지를 카운터에 올려놓고 말했다.

"이걸로 주세요."

그녀는 돈을 지불하고 나왔다. 왜 그랬을까? 너무 끼어서 입지도 못할 바지 하나를 사는 데 69마르크나 되는 돈을 허공에 날려 버리다니. 그것도 단지 이렇게 말하기가 부끄러워서였다. '이 옷은 제게 맞지 않아요.'

이제 프란치스카와 함께 가면 어떻게 될까?

그 가게는 정말로 무척 작았다. 에바는 차라리 더 큰 곳으로 가고 싶었다. 자신이 남들의 눈에 별로 띄지 않고, 수많은 손님들 중 한 사람이 되는, 사람들이 특별히 주목하는 누군가가 되지 않는 그런 곳으로. 그러나 프란치스카는 이곳을 편하게 여기는 것 같았다.

"이곳에서 옷을 여러 번 산 적이 있어. 난 여기서 사는 게 좋더라. 멋진 옷들이 많거든."

"여기 이 셔츠가 마음에 드는데."

에바가 분홍색 셔츠를 보며 말했다.

"그러면 사."

"청바지와 블라우스를 사고 싶은데요."

에바가 여점원에게 말했다. 그러면서 그녀는 생각했다. '이런 밝은색 바지가 훨씬 잘 어울릴 텐데. 이렇게 아주 밝은색으로. 거기에다 이 분홍색 셔츠도! 아쉽군.'

그녀는 탈의실에 들어가 지퍼를 끌어 올리려고 안간힘을 썼다. 그러나 불가능했다.

"그래, 어때?"

프란치스카가 밖에서 물었다.

"너무 작아."

프란치스카가 그다음 치수의 바지를 가져다주었다. 그리고 하나 더. 그녀가 커튼을 옆으로 젖히고 안으로 들어왔다.

"자, 한번 입어 봐."

"하지만 그건 너무 밝은색인데. 그렇게 밝은색 바지를 입으면 더 뚱뚱해 보이잖아."

"아, 이런. 밝은 색상이 허구한 날 입고 다니는 그 짙은 청색이나 갈색보다 훨씬 잘 어울릴걸."

에바는 차마 싫다는 말을 하지 못했다. 그녀는 프란치스카가 나가 주기를, 자신이 억지로 바지를 껴입는 모습을 지켜보지 않기를 바랐다. 그렇지만 프란치스카는 나가지 않았다. 그녀는 등받이 없는 걸상에 앉아 지켜보고 있었다.

"바지 색상이 네 머리와 잘 어울려."

"나와 함께 있으면 거북하지 않아?"

에바가 물었다.

"어째서?"

"내가 너무 뚱뚱하니까."

"너 돌았구나. 내가 왜 거북하게 여기겠어? 그래, 뚱뚱이
와 홀쭉이가 있다고 치자. 그게 어떻다는 거야?"

지퍼가 채워졌다. 약간 힘이 들기는 했지만 가능했다.

"바로 그거야. 그걸 계속 입고 있으면 내일만 되어도 너
에게 헐렁해질 거야."

바지 색상이 그녀의 머리색과 정말 잘 어울렸다. 그 색상
은 그녀의 이마 바로 위쪽의 머리카락만큼이나 밝은색이었
다. 프란치스카가 다시 분홍색 셔츠를 가져왔다.

"자, 이것도 입어 봐."

그 후 거울 앞에 선 에바는 자신이 이런 모습으로 보일
수 있다는 데 놀라고 당황했다. 파란색 주름치마를 입었을
때와는 전혀 달라 보였다. 눈에 띄지 않는 수수한 블라우스
를 입었을 때와도 전혀 달랐다. 모든 면에서 완전히 달랐
다.

"보기 좋다, 얘. 아주 근사해. 그 색깔 너한테 정말 잘 어
울려."

프란치스카가 만족스러워하며 말했다.

짙은 색은 날씬해 보이게 해 주고, 밝은색은 뚱뚱해 보이

게 해 주지.

"난 이런 옷을 입기에는 너무 뚱뚱해. 그렇게 생각하지 않아?"

"아니. 그러고 있으니까 마음에 들어. 그리고 말이 되는 소리를 해야지! 넌 짙은 색 주름치마를 입어도 더 날씬해 보이지는 않아. 어차피 넌 그래. 그리고 정말 멋져 보여. 좀 봐!"

에바는 거울을 들여다보았다. 커다란 가슴, 불룩 나온 배, 굵은 다리를 가진 뚱뚱한 소녀가 보였다. 그러나 정말로 못 생겨 보이지는 않았다. 약간 눈에 띄기는 했지만 그래도 못 생긴 편은 아니었다. 그녀는 뚱뚱했다. 그러나 뚱뚱하면서도 아름다운 사람도 틀림없이 있을 것이다. 대체 아름답다는 것은 무엇일까? 패션 잡지 사진에 나오는 그런 여자들처럼 보이는 소녀들만 아름다운 건가? 긴 다리, 날씬한, 생기 넘치는, 호리호리한, 아리따운 등과 같은 말들이 그녀의 머리를 스쳐 갔다. 그녀는 옛 거장들의 그림들에 나오는 여인들을 떠올리자 절로 웃음이 나왔다. 그들은 통통하고 풍만하고 살이 쪘었다. 에바는 웃었다. 그녀는 거울에 비친 소녀를 향해 웃음을 보냈다. 그때 어떤 일이 벌어졌다.

그녀가 생각해 왔던 것과는 전혀 달리, 지방질이 녹아내리지는 않았다. 또 역겨운 냄새가 나는 지방의 개울이 하수구로 흘러들지도 않았다. 실제로는 눈에 보이는 어떤 일도 일어나지 않았다. 그럼에도 그녀는 별안간 자신이 되고 싶었던 에바가 되어 있었다. 그녀는 웃었고, 웃음을 더는 멈출 수 없었다. 그녀는 프란치스카의 놀라는 얼굴을 들여다보며 웃었고, 웃음 때문에 제대로 나오지도 않는 목소리로 말했다.

"내가 여름날 같아 보여. 그렇게 보여. 여름날같이 말이야."

누구에게나 그런 때가 있다. 자기 자신을 제외한 모든 사람들이 더 나아 보이는 그런 때……. 학업과 진로, 우정과 연애, 외모와 사람들과의 관계 등에서 말이다. 하지만 좀 더 고민하다 보면 그런 보이는 부분을 넘어 결국 '나는 누구인가'라는 '진정한 자기'에 관한 본질적 고민에 이르게 된다.

독일의 대표적인 청소년문학 작가인 미리암 프레슬러는 『씁쓸한 초콜릿』이라는 이 책을 통해 에바라는 한 소녀가 서서히 '진정한 자기'를 찾아가는 과정을 사실적이면서도 심리적으로 날카롭게 펼쳐 보인다. 독자들은 이 책을 읽어 나가면서 뚱뚱한 외모로 인해 자신감 없이 살던 에바라는 한 소녀를 통해, 외적인 것으로 인해 고민하던 사춘기 시절을 자연스레 떠올려 보게 될 것이다. 또는 그것을 극복하지 못하고 늘 마음 한편에 열등감과 부정적인 자아상을 가지고 살아가는 지금의 자신을 마주하게 될지도 모르겠다. 특히, TV에 나오는 배우나 가수를 선망하고 그들처럼 되고 싶어 하는 사람들에게 에바가 느낀 외모에 대한 고민과 심리적 압박감은 절실하게 와닿을 것 같다.

에바는 공부도 열심히 하고, 부당한 일에 자기 생각을 분명히 말할 줄도 아는 똑똑하고 행동이 반듯한 소녀이다. 하지만 에바에게 자신은 단지 뚱뚱한 아이일 뿐이다. 뚱뚱하다는 자기의식은 부끄러움을 불러일으키고, 나아가 친구나 주변 사람들이 뚱뚱한 자신을 싫어할 거라고 생각하게 된다. 따뜻하고 부드러운 친구의 손길을 마음속 깊이 원하지만, 친구들에게 다가서지 못하고 늘 스스로 친구들과 거리를 둔다. 뚱뚱한 자기 모습이 사람들에게 주목받을까 봐 겁을 먹고, 먹는 모습을 들킬까 봐 두려워하던 에바는 우연히 미헬이란 남자 친구가 생기면서 춤을 추며 잠시나마 '코끼리만 한 덩치'를 잊기도 하지만, 곧바로 자신의 몸매로 인해 조롱받는다. 그러자 에바는 또다시 자신의 비곗살이 가족도 친구도, 남자 친구도 모두 갈라놓는다는 생각에, 좀 더 날씬해지고자 아무도 몰래 굶다가 배고픔을 참지 못하고 먹고 토하는 일을 반복하며 비참한 마음에 빠진다.

그렇게 자기혐오의 밑바닥에 떨어졌을 때, 에바는 미헬과 진심어린 이야기를 나누다가 "난 뚱보가 맞아. 넌 그걸 알지 못했던 거야, 미헬?"이라는 당당한 자기 인정으로 마음이 따듯하고 편안해지는 것을 느낀다. 그리고 친구인 프란치스카가 자신의 뚱뚱한 몸매를 부끄러워하지 않는다는 것도 알게 된다. 여전히 뚱뚱하지만 아름다울 수 있는 자신이 된 그 순간, 에바는 실제로 사람들과 자신을 계속해서 갈라놓았던 것은 비곗살이 아니라 자신의 생각이었다는 것을 깨닫는다.

　언젠가 심리학 관련 서적에서 읽었던 한 구절이 생각난다. '삶을 이끄는 것은 현실이 아니라 마음이다.' 우리에게는 내가 나에 대해 생각하는 심리적인 현실과 남들이 보는 객관적인 현실이 있다고 한다. 그런데 사람들은 대부분 객관적인 현실이 아닌 심리적이고 주관적인 현실에 이끌려 삶을 살아간다는 것이다. 뚱뚱한 자신을 부끄러워한 에바처럼, 자기 안에 열등감과 부정적인 자아상이 있다면 결코 행복을 깨달을 수 없다는 뜻이다. 자신을 둘러싼 환경에 맞추려 하기보다, 자신이 그 환경을 이루는 보편적이면서도 유일한 존재라는 발상의 전환은 혼자라는 자기중심적 의식에서 벗어나게 해 준다.

　외모에 대한 열등감 속에 스스로를 한계 짓고 마음 아파하며 살던 에바는 특별할 것 없는 어느 날 '이상한 회색, 부드럽고 포근하고 감싸주는 듯한 회색'의 흐릿한 아침 현상 속에서 이 날이 '얼마나 멋진 날'인지를 느낀다. '환한 광채도, 생기 없이 반복되는 일에 한 점 밝은 부분도, 눈길도, 미소도, 지나가는 말이나 접촉'도 없는, 무수한 날들과 다르지 않은 날에 말이다. 이처럼 외적 현상은 똑같지만 혼자가 아니라는 내면의 변화는 그동안 보지 못했던 자신과 자신을 둘러싼 진실에 눈뜨게 해 준다.

물론 그러한 순간은 찰나와도 같으며 영원히 지속되지 않는다. 그래서 우리는 삶의 진실에서 다시 멀어지기도 하지만, 다시 다가가고, 또 다시 멀어지는 반복 속에서 인생의 한 조각인 초콜릿의 쓴맛과 단맛을 함께 맛보는 것이 아닐까.

2017년 봄에
염정용

미리암 프레슬러 Mirjam Pressler

1940년 독일 다름슈타트에서 유대 인 어머니의 사생아로 태어나 위탁 가정에서 자랐다. 대학에서 미술과 언어를 공부했으며, 1980년에 출간된 첫 작품 『쓸쓸한 초콜릿』으로 세계적인 성공을 거두었다. 현실을 꾸밈없이 직시하는 '날카로운 관찰자'로서 오늘날 독일어 문학권에서 가장 중요한 작가로 손꼽히는 프레슬러는 '제2의 루이제 린저'로 평가받고 있으며, 올덴부르크 청소년문학상 수상을 비롯해 1994년에는 번역가로서 독일 청소년문학상 특별상을, 2010년에는 지금까지 출간한 전체 작품에 대해 독일어 청소년문학상과 칼 추크마이어 메달 등 수많은 상을 수상했다. 현재도 번역가이자 작가로 활발히 활동하고 있다. 주요 작품으로는 『쓸쓸한 초콜릿』, 『행복이 찾아오면 의자를 내주세요』, 『샤일록의 딸』, 『말카 마이』, 『나단과 그의 아이들』 등 30여 권이 있다.

염정용

서울대학교 독어교육과를 졸업하고 같은 학교 대학원에서 박사학위를 받았다. 독일 마부르크 대학에서 독문학을 공부했으며, 서울대 강사 등을 거쳐 현재 전문 번역가로 활동하고 있다. 옮긴 책으로는 『홀로 맞은 죽음』, 『술꾼』, 『황태자의 첫사랑』, 『쓸쓸한 초콜릿』 등 40여 권이 있다.

씁쓸한 초콜릿

초판 1쇄 2017년 3월 15일 | 초판 4쇄 2022년 6월 10일
지은이 미리암 프레슬러 | **옮긴이** 염정용
펴낸이 신형건 | **펴낸곳** (주)푸른책들 · **임프린트** 에프 | **등록** 제321-2008-00155호
주소 서울특별시 서초구 양재천로7길 16 푸르니빌딩 (우)06754
전화 02-581-0334~5 | **팩스** 02-582-0648
이메일 prooni@prooni.com | **홈페이지** www.prooni.com
인스타그램 @proonibook | **블로그** blog.naver.com/proonibook
ISBN 978-89-6170-589-9 03850

BITTERSCHOKOLADE by Mirjam Pressler
© 1980, 2006 Beltz & Gelberg in der Verlagsgruppe Beltz, Weinheim und Basel
Korean Translation Copyright © 2017 by PROONI BOOKS, Inc.
All rights reserved.
The Korean language edition published by arrangement with
Julius Beltz GmbH&Co. KG through MOMO Agency, Seoul.
이 책의 한국어판 저작권은 모모 에이전시를 통해 Julius Beltz GmbH&Co. KG사와의
독점 계약으로 (주)푸른책들에 있습니다. 저작권법에 의해 한국 내에서 보호를 받는 저작물이므로
무단 전재와 복제를 금합니다.

＊잘못된 책은 구입한 곳에서 바꾸어 드립니다.

이 도서의 국립중앙도서관 출판시도서목록(CIP)은 서지정보유통지원시스템 홈페이지
(http://seoji.nl.go.kr)와 국가자료공동목록시스템(http://www.nl.go.kr/kolisnet)에서 이용하실 수
있습니다.(CIP제어번호: CIP2017001822)

F 에프 블로그 blog.naver.com/f_books